LE LIVRE DU PLAISIR

Catherine Breillat est cinéaste et romancière. Elle a notamment réalisé *36 Fillette*, *Une vraie jeune fille*, *Sale comme un ange*, *Romance* et très récemment *À ma sœur*. Elle a par ailleurs publié, en mai 1968, *L'Homme facile*.

CATHERINE BREILLAT

Le Livre du plaisir

ÉDITIONS 1

© Éditions 1, 1999.

> *Amat qui scribet, paedicatur qui leget*
> (Celui qui écrit sodomise. Celui qui lit est sodomisé)
>
> SEPTUMIUS

Écrire sur le plaisir, c'est décharger dans le corps du lecteur.
C'est l'orgie suprême.
Ce livre, je l'ai fait comme un rêve éveillé pour ceux qui, comme moi, se laisseront guider, glisser d'émois en mots dans les catacombes du plaisir.
Je ne l'ai pas fait, je l'ai commis.
Tout ce qui est écrit dans ce livre appartient à ma vie intime. Lectrice, ces pages se sont emparées de moi, je n'étais plus dans mon état normal.
Vous comprendrez alors que ce livre est le mien, conçu comme un collage. Des pages écrites qui se sont confondues en moi jusqu'à faire partie de moi-même.
Je remercie les auteurs qui me les ont transmises et inoculées dès ma plus tendre enfance. Sans eux, il me manquerait peut-être d'être ce que je suis.
La littérature est le champ d'expérience le plus vaste et le plus inoffensif du monde.

Car tout peut s'y concevoir. Surtout ce qui ne se fait pas.
Ce n'est pas un passage à l'acte, mais un passage au rêve.
Ce n'est pas une anthologie, mais un voyage.

Catherine BREILLAT

1

Du plaisir

« La main s'ouvre, déploie ses doigts vers le dehors. Éclatement, transcendance vers le monde. Mais lorsqu'elle atteint et rencontre le monde, objet ou sujet, chose ou être humain, les doigts ne se referment pas en une prise, en une emprise, en un "main-tenant".

Elles restent tendues, ouvertes... Ainsi la main se fait caresse. La caresse s'oppose à la violence de la griffe. La "caresse" est un concept ou plutôt un anti-concept qu'Emmanuel Levinas introduit en philosophie, dès 1947, dans *Le Temps et l'Autre*, et qui parcourt toute son œuvre, jusque dans les textes les plus récents :

"Cette recherche de la caresse en constitue l'essence par le fait que la caresse ne sait pas ce qu'elle cherche. Ce 'ne pas savoir', ce désordonné fondamental en est l'essentiel. [...] La caresse est l'attente de cet avenir pur, sans contenu."

La caresse découvre une intention, une moralité d'être qui ne se pense pas dans son rapport au monde comme saisir, posséder, ou connaître. La caresse n'est pas un savoir mais une expérience, une rencontre. La caresse n'est pas une connaissance de l'être mais son respect. [...]

La philosophie de la caresse ébranle les perceptions univoques et finies où la pensée est déjà faite, où tout est instauré une fois pour toutes. Refus des pensées déjà pensées, des paroles déjà parlées, acceptées, assimilées, inertes et mortes. Critique de la raison dogmatique. La caresse est un relativisme, un scepticisme sans nihilisme. »

MARC-ALAIN OUAKNIN, *Méditations érotiques,*
Essai sur Emmanuel Levinas,
© Balland, 1992

« Le médiocre se satisfait de plaisirs médiocres. Mais celui qui sent confusément qu'un bonheur absolu lui est réservé ne trouve jamais assez fort le plaisir qui lui est accordé. Il cherche à le perfectionner. Il veut pratiquer l'amour des corps avec une science toujours plus grande, trouver des corps toujours plus habiles à ce travail. Platon indique bien que c'est la voie normale d'aimer d'abord un beau corps, puis tous les beaux corps avant d'en arriver à aimer la Beauté. Rimbaud aimait les livres érotiques sans orthographe.

Qu'un jour (cf. *Aux Fontaines du désir*) on s'aperçoive que le perfectionnement du plaisir n'est pas illimité. Que dès lors on en sente le dégoût : c'est très normal. Le plaisir aura au moins servi à faire comprendre qu'il faut chercher ailleurs qu'en lui le Bonheur absolu. »

ROGER VAILLAND, *Écrits intimes,*
© Éditions Gallimard

« Quelque chose de notre âme nous quitte dans le plaisir. La vue se fait moins aiguë. Nous devenons des animaux prostrés.

Le regard de prostration de la mélancolie romaine ne peut être séparé du regard latéral de la pudeur et de l'effroi. Le consul Pétrone a écrit : "Le plaisir (*voluptas*) qu'on a dans le coït est écœurant et bref et le dégoût (*taedium*) succède à l'acte de Vénus." La volupté n'est qu'une hâte où on veut être conduit comme par enchantement. Son assouvissement plonge dans la seconde qui suit ses spasmes dans une sensation de déception non seulement en regard de l'élancement du désir qui le précédait mais en regard de la lumière, de la tumescence, de la rage, de l'*elatio* (du transport) qui obsédaient les heures qui le précédaient et les jours qui le préparaient. Ovide dit qu'il s'agit d'une mort qu'on fuit dans le sommeil en hâte, "vaincus, étendus sans force".

Les naturalistes nomment "période réfractaire" la période lors de laquelle les mâles, après qu'ils se sont accouplés, cessent d'être sexuellement réactifs. Les femelles ne connaissent pas de période réfractaire *post coïtum*. Le mouvement dépressif chez les femelles a lieu *post partum*. Les mâles fuient le dégoût dans le sommeil. Ils ne fuient pas : ils courent rejoindre l'autre monde des morts et des ombres. »

PASCAL QUIGNARD, *Le Sexe et l'Effroi*,
© Éditions Gallimard

2

Des sexes

« Le pire, pour les femmes, c'est le caractère occulte de leur corps. Elles passent l'adolescence à faire toutes sortes d'acrobaties devant la glace de la salle de bains, pour essayer de voir à quoi ressemble leur con. Et que voient-elles ? Un halo de poil pubien frisottant, le pourpre des lèvres, le bouton rose du signal d'alarme clitoridien – mais est-ce que cela suffit ? L'essentiel reste invisible, canyon inexploré, grotte souterraine dissimulant la menace ténébreuse de multiples dangers. »

Erica Jong, *Le Complexe d'Icare*,
© Éditions Robert Laffont

« Entre les poils frisés comme la chair est belle : sous cette broderie bien partagée par la hache amoureuse, amoureusement la peau apparaît pure, écumeuse, lactée. Et les plis joints d'abord des grandes lèvres bayent. Charmantes lèvres, votre bouche est pareille à celle d'un visage qui se penche sur un dormeur, non pas transverse et parallèle à toutes les bouches du monde, mais fine et longue, et cruciale aux lèvres parleuses qui la tentent dans leur silence, prête à un long baiser ponctuel, lèvres adorables qui avez su donner aux baisers un sens nouveau et terrible, un sens à jamais perverti.

Que j'aime voir un con rebondir. »

LOUIS ARAGON, *La Défense de l'Infini*,
© Éditions Gallimard

Dès la naissance, on est condamné.
À être d'un sexe ou de l'autre. Et on appartient à son sexe.
Je n'ai rien fait pour ça, j'étais encore dans mes langes et ma mère pas relevée de ses couches, quand mon père a filé à la mairie pour déclarer publiquement ma naissance aux officiers ministériels qui ont enregistré ma pornographique identité.
Depuis, cela n'a pas cessé de me poursuivre.
Je suis du sexe faible.
Si faible, si intimement lové qu'ensuite tout s'est passé comme s'il n'existait pas, qu'il n'était que l'héroïque absence de l'autre, celui de l'homme. Enfin il en restait une sorte de plaie résiduelle et plus ou moins supurante qu'il fallait dissimuler. Aux autres, et d'abord à soi-même.
Car bien sûr à ce prix, nous pouvions fièrement arborer, nous les filles, ce que l'on attribue à notre sexe (pris cette fois en terme générique des personnes), l'apanage de la Beauté par une sorte d'implacable corollaire compassionnel.
Comme si nous portions en nous notre portrait de Dorian Gray. Ce masque hideux qui à tout

moment peut se plaquer sur notre visage pour peu que nous cessions de jouer ce double jeu avec soi qui met en place le va-et-vient du conscient et de l'inconscient comme une propulsion ondulatoire du désir.

Et si l'appréhension faisait partie du plaisir ?
Si l'organisation d'une morale stricte mettait en œuvre un terrain refoulé, comme une coulisse de la scène.
Si le sexe n'était qu'un théâtre et que ce qui se joue ne soit que la répétition de ce qui s'est inscrit avant : le refoulé.

Alors on saura que les bigoteries sont les plus éminentes mères maquerelles du plaisir, pour qui se contente de leurs maisons closes car dehors, dans l'étendue sans limite du plaisir, le dernier continent à découvrir est sexuel.

« Par exemple, si je la regardais d'un œil distrait, je lui trouvais, pardonnez le détail, la fente discrète, timide comme si elle avait voulu en cacher l'impudeur en la dissimulant dans les replis du ventre. Mais dès les premières caresses, ce petit animal s'étirait, écartait le berceau d'herbes où il dormait, redressait la tête, devenait une fleur gourmande, une bouche de bébé glouton qui tétait mon doigt. J'adorais taquiner de ma langue le museau du clitoris, l'exciter puis l'abandonner humide et luisant à son irritation, petit canard barbotant dans une vague de chair rose. J'aimais lisser mes joues contre la lingerie précieuse de son ventre, plonger le nez dans ses bourrelets onctueux, parfois tendus, parfois relâchés comme des focs par le vent, friper du doigt cette immense draperie habitée de frissons et de soupirs. D'autres fois j'aurais voulu m'asseoir, les jambes ballantes au bord de cet orifice et observer minute par minute l'évolution de ce madrépore géant, enregistrer chaque palpitation, chaque respiration de ses pétales inondés d'un nectar irrésistible. »

Pascal Bruckner, *Lunes de fiel*,
© Éditions du Seuil, 1981

« "J'ai fait emplette avant-hier d'un puissant aphrodisiaque et je n'attends que l'occasion d'en user. Quand elle se présentera, ne t'inquiète pas, c'est un onguent dont l'effet est sûr, et je soutiendrai l'engagement aussi longtemps que nécessaire."

Sai-Kunlun repartit : "Les drogues peuvent prolonger un peu l'ardeur amoureuse ; elles ne peuvent remédier à l'infirmité de la nature. Un homme vigoureux de nature, qui use d'un aphrodisiaque, est comme un candidat fort en thème qui absorbe un fortifiant la veille d'un examen ; quand il entre dans la salle d'examen, son esprit est plus clair et son assurance décuplée, de sorte qu'il compose sans effort. Mais celui qui est mal doté par la nature et qui use d'un aphrodisiaque est comme un étudiant inculte, qui croit suppléer à ce qui lui manque en se gavant de fortifiants avant une épreuve : arrivé dans la salle, il séchera lamentablement, malgré sa dépense. À présent, réponds-moi : ton organe, quelle est sa grosseur ? Quelle est sa longueur ?" "Quel besoin d'être aussi précis, protesta Weiyangsheng. Il est d'une taille respectable, voilà qui doit suffire." Voyant qu'il éludait la question, Sai-Kunlun n'y alla pas par quatre chemins : il tendit la main et voulut l'obliger à baisser son pantalon. Mais Weiyangsheng, alarmé, se déroba obstinément, si bien que Sai-Kunlun finit par déclarer : "S'il en est ainsi, en conscience, je ne puis prendre sur moi de t'aider. Si je persiste à vouloir te rendre service, que je te procure un entretien avec une de ces femmes, et qu'ensuite elle appelle au secours en t'accusant d'avoir voulu la violer, que ferons-nous ? Le scandale aura éclaté et j'en serai responsable, ayant été d'une imprévoyance coupable en ce qui te concerne."

Weiyangsheng vit que Sai-Kunlun était ému et mécontent ; avec un sourire apaisant, il lui dit : "Je n'ai rien à cacher ; seulement, m'exhiber en plein jour, devant un ami, cela me paraît malséant. Mais puisque tu t'inquiètes à ce point, il ne me reste qu'à m'exécuter." Il défit donc son pantalon et montra son organe ; d'une main, il fit mine de le soupeser tout en disant à Sai-Kunlun : "Voici mon petit trésor. À toi de juger !" Sai-Kunlun s'approcha et que vit-il ?

Une peau blanche et satinée ; un gland d'un beau rose vif ; une verge veloutée comme tendre pousse végétale, la peau sillonnée de minces filaments visibles par transparence ; on pouvait évaluer sa longueur à deux pouces, son poids, à trois dixièmes d'once. De quoi faire la joie de treize pucelles et de quatorze beaux garçons !

Au moment d'agir, la verge, dure comme le fer, ressemble à un couteau de belle taille ; l'action terminée, elle se ratatine comme une crevette séchée.

Ayant regardé un moment, Sai-Kunlun demeura silencieux. Weiyangsheng, croyant qu'il avait fait impression, dit : "C'est ainsi au repos ; dans le feu de l'action, c'est encore autre chose." Sai-Kunlun dit alors : "Si c'est ainsi au repos, dans le feu de l'action cela ne saurait excéder une limite précise. Va, tu peux remballer." Pris d'un grand rire nerveux, il ajouta : "Quel dommage que tu ne saches pas te mesurer toi-même ! Ton engin fait un tiers, tout au plus, de ce que d'autres possèdent." »

LI YU, *De la chair à l'extase*,
© Éditions Philippe Picquier

« Quand j'ai posé les yeux sur lui, j'ai arrêté net de baisser ma fermeture éclair. J'ai senti les yeux me sortir de la tête et mon souffle se carapater. Sa bitte était sans proportion aucune avec son corps ; c'était un vrai poteau, un phénomène défiant les lois de la gravité.

"Oh Seigneur", j'ai dit.

Je me suis demandé s'il savait seulement ce qu'il avait là.

Il a fini d'ôter son pantalon, puis je me suis effondrée sur le matelas, baignant dans ma propre sueur, pendant qu'il ôtait mon pantalon d'une secousse et qu'il faisait passer mon chemisier par-dessus ma tête.

Il s'est agenouillé au-dessus de moi et a introduit son gland à l'intérieur, et déjà j'étais trempée, prête à jouir. Il a donné une poussée plus forte qui m'a enfoncée dans le matelas, il a cloué mes bras sur l'oreiller et a continué son va-et-vient. En esprit, je flottais quelque part au-dessus de lui. Il s'enfonçait, m'écartelait, ça brûlait comme si j'étais encore vierge. Les vibrations ont reflué de mes hanches à ma poitrine, puis à mon cerveau. Je me suis liquéfiée. À partir de cet instant, j'ai su que j'étais prise au piège. »

VICKI HENDRICKS, *Miami Purity*,
© Éditions Payot & Rivages, 1996

La mère *(nue sous son peignoir ouvert)*
Nicolas, viens voir !... *(l'enfant entre dans le champ)*... Tu voulais que j't'e montre...
Alors tu vois ça ?... C'est les lèvres : c'est les lèvres du sexe.
Le père *(nu aussi, tenant son pénis)*
Et puis là ici, tu vois, on a une espèce de bouche... et puis alors cette bouche... avec cette bouche, on embrasse les lèvres du sexe... tu comprends.
La mère
Et quand on s'aime... il met sa bouche de son sexe dans les lèvres de mon sexe : c'est comme si on s'embrassait.
Un des deux enfants
Mais alors c'est muet ?
La mère
Oui, ça s'appelle l'amour... c'est l'amour qu'on nous apprend à parler.
Le père
Et puis après quand c'est fini... ben c'est la mort qui nous met un doigt sur les lèvres...

La mère *(mettant le doigt sur sa bouche)*
 Chut !...
Le père
... et puis qui nous dit de nous taire... tu vois ?
JEAN-LUC GODARD, *N° 2,*
© Jean-Luc Godard

« Avez-vous déjà assisté à un accouchement ? Il y a un fait tout à fait étrange : la parturiente gémit, crie, mais son visage est rouge, fiévreusement surexcité et ses yeux ont ce rayonnement extraordinaire qu'aucun homme n'oublie quand il l'a suscité chez une femme. Ce sont des yeux singuliers, curieusement voilés, exprimant l'enivrement. Et qu'y a-t-il de remarquable, d'incroyable, à ce que la douleur soit une volupté, une suprême volupté ? Seuls, ceux qui flairent partout la perversion et les plaisirs contre nature ne savent pas ou font semblant d'ignorer que la grande volupté s'accompagne de douleur. Débarrassez-vous donc de cette impression qui vous a été communiquée par les lamentations des femmes en mal d'enfant et les contes ridicules des commères jalouses. Essayez d'être honnête. La poule aussi crételle après avoir pondu un œuf. Mais le coq ne s'en soucie guère et s'empresse de chevaucher à nouveau la poule, dont l'horreur pour les douleurs de la ponte se traduit d'une manière surprenante par une entière soumission amoureuse aux désirs du seigneur et maître du poulailler.

Le vagin de la femme est un Moloch insatiable. Où donc est le vagin qui se contenterait d'avoir en soi un petit membre de la taille d'un doigt, alors qu'il pourrait disposer d'un autre, gros comme un bras d'enfant ? L'imagination de la femme travaille avec des instruments puissants, l'a toujours fait et le fera toujours.

Plus le membre est gros, plus grande est l'extase ; l'enfant, lui, cogne pendant l'accouchement avec son gros crâne contre l'orifice vaginal, siège du plaisir chez la femme, exactement comme le membre de l'homme, ce sont les mêmes mouvements de va-et-vient, de long en large, la même dureté, la même violence. Bien sûr, il fait souffrir, ce suprême acte sexuel, donc inoubliable et constamment désiré ; mais il est le sommet de tous les plaisirs féminins.

Pourquoi, si l'enfantement est vraiment un acte de volupté, l'heure des douleurs est-elle décrite comme une souffrance non pareille ? Je ne saurais répondre à cette question : demandez aux femmes. Je peux cependant affirmer avoir rencontré de-ci de-là une mère qui m'a avoué : "Malgré les douleurs, ou plutôt à cause d'elles, la naissance de mon enfant a été la plus belle impression de ma vie." Peut-être pourrait-on supposer que la femme, obligée de tout temps à la dissimulation, est incapable de parler tout à fait franchement de ses sensations parce qu'on lui a communiqué pour la vie l'horreur du péché. Mais on ne parviendra jamais à découvrir tout à fait l'origine de cette identification entre le désir sexuel et le péché. »

GEORG GRODDECK, *Le Livre du Ça*,
traduction par Lily Jumel,
© Éditions Gallimard

« Vous ne comprenez pas, dit la fille, ce que nous sommes. Nous avons eu de bonne heure la connaissance de la chose, que la femme est un creux, et qu'il faut remplir ce creux par le mâle de n'importe qui, puisque n'importe qui, c'est lui, le mâle. Ainsi nous ne sommes jamais seules ni vides, et ce que nous demandons autour, l'argent, est une autre affaire qui doit principalement prouver la valeur de ce que nous faisons. Pour emplir le creux de notre nature nous avons besoin de *tous*. Si nous n'éprouvons presque rien, nous nous sentons libres, et nous avons l'orgueil de loger continuellement l'autre. Nous préférerons toujours la pratique de l'objet mâle à toute espèce de plaisir que l'on pourrait exciter artificiellement dans notre sexe : y vérifier la présence de l'homme est suffisant. Nous nous montrons courtoises, nous avons de l'art et des égards, sous notre masque de théâtre. Quant à l'amour, nous pensons : "Aimer je ne sais pas ce que ça veut dire". »

PIERRE-JEAN JOUVE, « Nature prostituée », in *Proses*,
© Mercure de France, 1960

Mais il faut nous pardonner, car il nous manque quelque chose et on le remplit de n'importe quoi.
Nous-mêmes ne savions pas exactement ce que nous faisions, nous nous rêvions comme leur proie.

*Alors lorsqu'on est une fille, et que le sexe ne peut se concevoir que comme un trou.
C'est une bouche.*

Ils sont notre nourriture et ne nous rassasient pas.

3

Du couple

La vie ne se laisse pas voir. Elle ne se laisse que vivre.
C'est une ogresse qui nous broie entre ses mâchoires anthropophages et nous ne sommes plus que des pâles figurines de papier mâché.
Mais courage ! C'est un flux qui nous emporte, un mouvement, une force. Comme un train sur deux rails.
Nous sommes convaincus que pour faire le chemin de la vie, il nous faut nous apparier. C'est la croyance la plus commune. Car la vie se tisse comme un conte de fées : trouver l'Autre qui nous est prédestiné ; l'être idéal ou la femme fatale qui nous délivre de nous-mêmes. Voilà ce que se dit l'être ordinaire, armé des meilleures intentions envers celle dont l'épouvante le pouvoir d'absorption.
Quand on s'engouffre dans le vide, seule l'apesanteur nous permet de voler. L'amour est ce vol d'Icare incertain. Car personne ne conçoit ce vol comme une interminable chute.

Le sexe c'est prendre, ce n'est jamais donner. Nous nous trompons lorsque nous croyons prendre.
Le sexe est une tragédie.

Au nom de l'Amour, nous exigeons, sûrs de notre bon droit. Nous proférons des menaces de mort. Parce que nous avons été – ou nous serons – cruellement déçus.
Au fond, ce désir d'amour n'est qu'un rituel de meurtre. Tuer l'autre qui n'est jamais à la hauteur d'être l'Autre, l'Être immortel qui doit nous projeter dans l'éternité de l'Amour et pour lequel nous nous sommes dépossédés de l'amour de nous-mêmes.

Nous confondons l'amour avec l'idolâtrie. Ainsi, quand la fureur du sentiment atteint son apogée, l'amour-idolâtre devient un gouffre, comme ce sexe qui ressemble à un trou, à une tombe. Où on ensevelit l'aube de l'espèce humaine.
On dirait qu'il faut profaner Dieu.

Le mystère sacré, ce sont les femmes, celles en qui on s'enfonce et qu'on prétend posséder. Comme si le corps de l'homme s'ensevelissant dans les marais pouvait jamais être vainqueur. Il est vrai que ce marécage respirant, soufflant, gémissant, murmureur de «prends-moi» est un piège et une supplication perpétuelle.
L'amour physique, c'est ça.
Et ça n'a rien de l'amour, rien qu'on donne à l'autre. Tout pour soi.

Parfois, nous aimons l'autre de nous faire tout ce bien, sans savoir que c'est juste une conjoncture. Un désir que l'on a à ce moment-là et qui est opportunément assouvi.
L'amour, c'est un être de passage qu'il faut retenir après l'avoir inopinément capté. De cela naît l'idée de la possession. L'autre nous possède tant que nous le désirons. Ce qu'on appelle l'amour, c'est en fait l'obsession de ce désir.
Enfin, ce qui prédomine dans la relation amoureuse qui s'établit, c'est la peur de la perte. L'amour physique, c'est l'étreinte matérialisée de l'amour, poursuivie de la mort. C'est l'aggravation de la perte.

« Le sexe et son code verbal. Sa liturgie et ses incantations. Messe noire. Messe primitive. Le couple pathétique. Alliance d'ennemis sournois, l'un des deux désigné pour dévorer l'autre, face à face dans la communion des reins. Leur délire glandulaire et sacré comme une foi fanatique. Chacun officiant pour son propre compte. Avare. Doué de la précision lucide des instincts. Mâle et femelle isolés dans un firmament de chair morte. Divisés, solitaires pour ce périple du plaisir. Je suis dans cet instant d'amour ta nourriture précieuse. J'habite, j'engrosse ton ventre et je vis de ta vie. Je prends ton souffle à la racine de ta gorge. Mon sang va se mêler au tien, mais je t'échappe, protégé, hors d'atteinte de ton appétit de possession. Cloisonné. Hors de portée derrière ce front si simple que rien ne peut trahir. Interroge. Supplie. Menace. Je peux mentir. Je peux mentir à l'infini. Mes yeux, ma voix, les mots, mes larmes mêmes, tout cela ment à l'infini et je t'échappe, libre dans n'importe quelle autre aventure, loin de cette petite fraction de temps terrestre où nous nous débattons, certains de notre don réciproque. Et tu restes là, toi, accrochée à moi de toutes tes forces, rejetée sans le savoir sur une rive nue d'où tu appelles, confiante, rencontrant cet écho de ma voix qui te répond *machinalement*. Ou peut-être es-tu toi aussi si loin de cette rive que j'imagine, n'appelant qu'une image imprécise de l'homme. Il y a pour nous séparer l'incalculable distance entre nos sexes. Le couple s'empoigne pour s'aimer, se soutire des sanglots, des hoquets, se berce de jérémiades et d'injures excitantes. Le couple s'ignore, se vole, se ment et se déchire. C'est l'amour. »

Louis Calaferte, *Septentrion*,
© Éditions Denoël

« L'homme, arrêté dans l'élan trouble de son désir, a considéré la chambre. Son front s'est froissé d'un pli de méfiance ombrageuse, sauvage, et dans l'œil a transparu la superstition de la race.

— C'est ici... la mort ?...
— Non, dit-elle, en se berçant sur lui.

Ce fut la première fois qu'il fut presque question du mort dans la simplicité de leur rapprochement. L'amoureux, emporté par l'amour, n'avait jusque-là parlé que de lui-même.

Non seulement elle cède, mais elle essaye d'accorder ses gestes aux siens, de faire ce qu'il veut, balançant, tombant avec lui, attentive à son désir d'homme. Mais elle ne sait que se presser et que l'attirer, et cette scène silencieuse est plus pathétique que les pauvres paroles qu'ils se tendent.

Soudain, elle l'a vu à demi dévêtu, le corps changé de forme ; son visage s'est marqué d'une telle rougeur qu'il m'a semblé un instant couvert de sang, mais ses yeux sourient d'espoir terrifié et acceptent. Elle l'adore, elle l'admire entièrement, elle le veut. Ses mains pétrissent les bras de l'homme. Toute la vague tentation obscure sort d'elle et monte à la lumière. Elle avoue ce que taisait le virginal silence ; elle montre son brutal amour.

Puis elle a pâli, et elle est restée un instant immobile comme une morte cramponnée. Je la sens en proie à une force supérieure qui tantôt la glace et tantôt la brûle... Son visage, un des plus beaux ornements du monde, si lumineux qu'il semble s'avancer vers le regard, se crispe convulsivement, se désordonne ; une grimace le cache ; l'harmonie ample et lente de ses gestes s'égare et se rompt.

Il a porté sur le lit la grande et suave jeune fille... On voit ses deux jambes écartées ouvrant la nudité fragile et sensible de son sexe.

Il s'est mis sur elle, s'est attaché à elle, avec un grondement, cherchant à la blesser, tandis qu'elle attend, offerte de tout son poids.

Il veut la déchirer, s'appuie sur elle, sa tête rayonne d'une sombre rage près de la tête pâle aux yeux clos et bleuâtres, à la bouche entr'ouverte sur les dents comme sur la frange du squelette. On dirait deux damnés occupés à horriblement souffrir, dans un silence haletant d'où va s'élever un cri.

Elle gémit tout bas : "Je t'aime" ; c'est tout un cantique d'actions de grâces ; et alors qu'il ne la voit pas, moi, moi seul, ai vu sa main blanche et pure guider l'homme vers le milieu saignant de son corps.

Enfin le cri jaillit de ce travail de viol, de cet assassinat de sa résistance passive de femme vierge et fermée.

— Je t'aime ! a-t-il hurlé avec une joie triomphante et frénétique.

Et elle a hurlé : "Je t'aime !" si fort que les murs en ont doucement remué.

Ils s'enfoncent l'un dans l'autre, et l'homme se précipite vers le plaisir. Ils se soulèvent comme des vagues ; je vois leurs organes pleins de sang. Ils sont indifférents à toutes les choses du monde, indifférents à la pudeur, à la vertu, au souvenir poignant du disparu, écrasant tout, couchés sur tout.

J'ai vu l'être multiple et monstrueux qu'ils font. On dirait qu'ils cherchent à humilier, à sacrifier tout ce qui était beau en eux. »

HENRI BARBUSSE, *L'Enfer*,
© Éditions Albin Michel, 1908

« Je me sens persécuté, soumis, vaincu. Et mon idée alors éclate comme un ballon d'enfant. Je vous adore, je vous lèche le sentiment et cela vous met à portée du navigateur solitaire que je suis devenu au sortir du bordel de Menton, m'étant extrait d'une pute épilée comme je me fusse extrait d'une serrure gothique. C'est assez dire de l'ancienneté et de la rouille. Je te vaincs, je te supplie de te mettre à mes genoux, je te demande de me vider comme on vide une barque dans la tempête. Je suis la tempête et ce qui pousse encore de toi est d'une steppe rase, embrumée, pleine de ta rigueur de fille à peine éclose avec, au beau milieu, cette marque... Cette marque je la rêve, je l'embusque, je te la prends comme on prend un mirage indécent, tout nu, pas tout à fait, avec la main qui laisse deviner. Ô ta main sur ta marque comme une parure glacée. Je sais et j'aime tes façons de te cacher comme on cache une maladie. Le jour où je guéris de toi, tu en seras malade. Et je te veux malade, avec ton haleine sucrée et d'un beurre violet dont je ne veux plus me souvenir. Je suis sec. Les portes de l'insoutenable, que tu m'ouvres parfois, me laissent tout juste la place de passer... alors, je te visite et tu me fais voir tes joyaux, tes chairs illuminées par mes yeux extasiés et justes. Je ne vois que ce en quoi je crois. Si je croyais en toi, tu ne pourrais plus supporter l'œil que je te jetterais alors comme on jette sa pâtée à la chienne attentive. Ta pâtée, c'est ma marque à moi. Fais bien attention ! Les cartons, quant aux culs bordés, ça me connaît. L'amour, ça me va aussi, quand c'est doublé des lèvres doubles et de ce petit chapeau, en haut, conducteur de l'outrage. Et je t'outrage, ma petite camarade, je t'apprends, je te tourne, je t'invente à demi et tu me trouves entier, je te plais, je te joins, tout juste, pas tout à fait, il y manque un rien de rien, la jointure, la totale, c'est ça la quadrature du cercle de l'amour fait. Je te fais l'amour, je suis toi, tu es moi, alors je suis seul et désespère.

Les lèvres doubles... Bien le dire :
DOUBLES... LÈVRES DOUBLES...
... et ces recoins, ces ouvertures, ces passages maudits, cette glaciation... Tu es glacée, ton vernis c'est du froid. C'est la Mort qui jouit. »

Léo Ferré, « Alma Matrix », in *La Mauvaise Graine*,
© Édition°1

« Silence. Rien, que le battement du pouls entre ses jambes. Jamais je n'ai eu la sensation d'une chose aussi parfaitement à ma taille – d'un fourreau aussi serré, long, lisse, soyeux, propre et frais. Elle n'avait pas dû baiser plus d'une douzaine de fois. Et ce crin si dru à la racine, si odorant ! Ces seins si fermes et doux sous la main, presque comme des pommes ! Les doigts aussi : forts, souples, goulus, toujours à errer, à saisir, caresser, chatouiller ! Comme elle aimait m'empoigner les couilles, les supputer, puis me baguer le scrotum à deux doigts et serrer, comme si elle allait me traire... Et sa langue – toujours en action ; ses dents qui mordaient, pinçaient, tenaillaient... »

Henry Miller, *Sexus*, traduction de Georges Belmont,
© Christian Bourgois Éditeur

« De la bouche entrouverte une respiration sort, revient, se retire, revient encore. La machine de chair est prodigieusement exacte. Penché sur elle, immobile, vous la regardez. Vous savez que vous pourriez disposer d'elle de la façon dont vous voulez, la plus dangereuse. Vous ne le faites pas. Au contraire vous caressez le corps avec autant de douceur que s'il encourait le danger du bonheur. Votre main est sur le dessus du sexe, entre les lèvres qui se fendent, c'est là qu'elle caresse. Vous regardez la fente des lèvres et ce qui l'entoure, le corps entier. Vous ne voyez rien.

Vous voudriez tout voir d'une femme, cela autant que puisse se faire. Vous ne voyez pas que cela vous est impossible.

Vous regardez la forme close.

Vous voyez d'abord les légers frémissements s'inscrire sur la peau, comme ceux justement de la souffrance. Et puis ensuite les paupières trembler tout comme si les yeux voulaient voir. Et puis ensuite la bouche s'ouvrir comme si la bouche voulait dire. Et puis ensuite vous percevez que sous vos caresses les lèvres du sexe se gonflent et que de leur velours sort une eau gluante et chaude comme serait le sang. Alors vous faites vos caresses plus rapides. Vous percevez que les cuisses s'écartent pour laisser votre main plus à l'aise, pour que vous le fassiez mieux encore.

Et tout d'un coup, dans une plainte, vous voyez la jouissance arriver sur elle, la prendre tout entière, la faire se soulever du lit. Vous regardez très fort ce que vous venez d'accomplir sur le corps. Vous le voyez ensuite retomber, inerte, sur la blancheur du lit. Il respire vite dans des soubresauts de plus en plus espacés. Et puis les yeux se ferment encore plus, et puis ils se scellent plus encore au visage. Et puis ils s'ouvrent, et puis ils se ferment.

Ils se ferment.

Vous avez tout regardé. À votre tour enfin vous fermez les yeux. Vous restez ainsi longtemps les yeux fermés, comme elle. »

MARGUERITE DURAS, *La Maladie de la mort*,
© Éditions de Minuit

« — C'est difficile à raconter. Le cul, ça ne se raconte pas. On dirait un gant qu'on vous enlève doucement. Oui, ça fait en dedans de moi comme le geste de la main qui aide l'autre main à se déganter, mais comme s'il y avait de la vaseline tu vois ? On est délivré et en même temps rattaché à quelque fil mystérieux qui remonte à la bouche et qui salive. Le fil salive, ça c'est mortel. Quand on est prise dans le filet, on ne sait plus ce qu'on fait.

— Et ça n'arrête pas ?

— Ça n'arrête pas le temps qu'il faut que ça n'arrête pas, justement. Si les hommes savaient combien les femmes sont fragiles à ce moment-là...

— Le feu, tu aimes ?

— Quand je suis comme ça, le feu, le froid, les cons, la vie, tout, je m'en fous. Je suis une mortaise, de la matière vivante, tu comprends ? »

LÉO FERRÉ, « Alma Matrix », in *La Mauvaise Graine*,
© Édition°1

« L'homme fit glisser doucement et soigneusement jusqu'aux pieds de Connie le mince fourreau de soie, puis avec un exquis frisson de plaisir, il éprouva la chaleur de son corps et déposa un baiser sur son nombril. Il dut la pénétrer immédiatement, accéder à la paix terrestre que lui offrait ce corps tranquille et doux. Ce fut pour lui un instant de sérénité suprême, cette pénétration dans le corps de la femme.

Elle demeurait comme inerte, perdue, éperdue dans un rêve. Il était actif, il atteignit l'orgasme : lui et lui seul. Elle n'était plus capable de réagir. Même les bras qui l'étreignaient, l'intense mouvement de cette virilité et le jaillissement de la semence faisaient partie d'un rêve dont elle ne put commencer à s'éveiller que lorsqu'il eut terminé, haletant doucement contre ses seins.

Alors, rêveusement, elle s'étonna : pourquoi ? Pourquoi avait-il fallu ? Pourquoi cet acte avait-il chassé un gros nuage et lui avait-il apporté une telle paix ? Cela était-il vrai ? »

D.H. LAWRENCE, *L'Amant de Lady Chatterley*,
traduction de Pierre Nordon,
© Librairie Générale Française, 1991

« J'aime à penser que la jouissance de la femme est à tout coup liée à quelque crime. Comme lorsqu'on fait tinter un verre par hasard cela fait mourir un marin sur la mer. Quand elle sent qu'elle va venir, quand elle sent qu'il faut bien que ceci en elle enfin rompe, l'effroi de la femme, ses yeux étonnés, le retrait de son sang. On ne sait jamais si elle pourra cette fois refréner cette horreur qui se peint dans ses traits, et il m'est arrivé de saisir sur le visage d'un témoin le reflet violent de cette expression surprise. »

Louis Aragon, *La Défense de l'Infini*,
© Éditions Gallimard

« Tout homme, toute femme sont passifs quand arrive la jouissance. L'amante relève les bras dans la passivité originaire. Il y a un effroi qui erre dans la passivité originaire. La jouissance féminine est un effroi qui jouit de ce qui fait intrusion. Le plaisir est toujours intrus. La volupté surprend toujours le corps qui désire. Sa surprise est la surprise. La jouissance ne distingue jamais absolument la terreur de la pâmoison. »

Pascal Quignard, *Le Sexe et l'Effroi*,
© Éditions Gallimard

« L'attente au bord de l'amour est délirante.

J'attendais ; elle aussi, surprise, et paraissant goûter cet arrêt du temps qui est, pour les amants, une mort figurée. Au bord de toi je vis, je meurs. Au bord de toi je m'enchante, et je triche, et j'existe et je ne suis plus rien dès que, mêlé à toi, ta graisse généreuse nourrit mes os glacés, mes os d'enfant. Je suis l'os. Le serpent, mou, insidieux, insistant, c'est toi.

Et tu m'étouffes, et tu me vides ma carcasse, et je deviens ton ombre, et tu me traînes dans tes sentiments, et on me voit sortant de toi, de tes yeux, du fond de ta conscience et de ta peau. »

Léo Ferré, « Alma Matrix », in *La Mauvaise Graine*,
© Édition°1

« On se heurte, on se caresse, on se meurtrit, on se mutile ; on rit quand on devrait pleurer, sans y pouvoir rien jamais. Un couple est toujours fou. Cela, c'est toi-même qui l'as dit, je n'ai pas inventé cette phrase. Toi qui as tant d'intelligence et de savoir, tu m'as dit que deux interlocuteurs étaient deux aveugles en face l'un de l'autre, et presque deux muets, et que deux amants qui roulent ensemble restent aussi étrangers que le vent et la mer. Un intérêt personnel, ou une orientation différente des sentiments et des idées, une lassitude, ou, au contraire, une pointe acérée de désir, brouillent l'attention, l'empêchent d'être vraiment pure. Quand on écoute, on n'entend guère, quand on entend, on ne comprend guère. Un couple est toujours fou. »

HENRI BARBUSSE, *L'Enfer*,
© Éditions Albin Michel, 1908

« En même temps je la vis de nouveau, plus réelle que jamais et par conséquent désirable, avec sa poitrine de femme brune et pleine, attachée à son buste maigre et blanc d'adolescente ; avec sa taille fine et ses fortes hanches fermes ; et je pensais que si elle m'apparaissait réelle et désirable, c'est qu'elle m'échappait par le mensonge et la trahison. À cette pensée, je fus envahi d'une fureur anxieuse et vindicative, je la saisis par les cheveux avec tant de force que je l'entendis gémir, je la désarçonnai et me jetai sur elle. D'ordinaire, la possession physique n'était que la répétition d'une possession mentale précédente, c'est-à-dire qu'elle confirmait l'ennui qui me rendait Cecilia irréelle et absurde. Mais cette fois, je sentis immédiatement que la possession paraissait confirmer, au contraire, mon incapacité de la posséder véritablement ; j'avais beau la malmener, l'étreindre, la mordre et la pénétrer, je ne possédais pas Cecilia et elle était ailleurs, qui sait où ? Je finis par retomber exténué mais encore plein de rage, sortant de son sexe comme d'une blessure inutile ; et il me sembla que Cecilia, étendue à côté de moi, les yeux clos, avait sur son visage, jusque dans l'expression paisible qui suit la satisfaction de l'appétit charnel, un air ironique. L'air même, pensai-je, de cette réalité qui me fuyait et s'évanouissait au moment même où j'avais l'illusion de m'en rendre maître.

Je la regardai intensément. Elle dut sentir mon regard car elle ouvrit les yeux et me regarda à son tour. Puis elle dit : – Ça a été très beau aujourd'hui, tu sais !

— N'est-ce pas toujours aussi beau et de la même manière ?

— Oh ! non, c'est toujours différent. Il y a des jours où c'est moins bien, aujourd'hui, ça a été très beau.

— Et pourquoi ?

— Ce sont des choses qui ne s'expliquent pas. Mais une femme sent quand c'est très bien ou que ça ne l'est pas. Sais-tu combien de fois j'ai joui ?

— Combien ?

Elle leva trois doigts de la main : "Trois" dit-elle, puis elle referma les yeux en se serrant légèrement contre moi ; et dans ce geste apparut de nouveau sur son visage aux paupières baissées, l'expression ironique que j'avais déjà remarquée. Il était donc possible, pensai-je, que je l'eusse possédée vraiment, possédée à fond, sans aucune restriction d'autonomie et de mystère. Mais je ne pouvais en avoir conscience, ni, de ce fait, en jouir ; il me semblait que seul celui qui est possédé peut avoir conscience de la possession, non celui qui possède. »

Alberto Moravia, L'Ennui,
© Éditions Flammarion

« Il existe de longues femmes à la robe d'argent. Leurs bras décorent le dos noir du danseur. Elles savent, ensuite, debout derrière les balustrades, imiter de la lune, avec plus de souplesse, le reflet vertical dans une luxueuse mer, et, quand elles se retournent, brusquement, masquées de leurs paupières bleues, leur bouche anxieuse et tendue exige, en elle-même, le sacre du plaisir. Alors des fusions adorables par des jonctions corporelles organisent entre le couple et dans le couple, aux lisières de la fête mondaine, un arbre moelleux de silence où batifole le serpent charnu qui pond et remange, par multitudes, les petits œufs de la vie. Ces longues femmes ont des diamants partout et savent ce que c'est que Brahms, les moteurs, les chèques de voyage. Mais une fillette dans un village, lavée tout juste et même pas du tout, avec ses mains un peu enflées et une petite croûte sur un genou, elle appartient, aussi, à la race perfide. Elle possède, aussi, la force de tuer, de tuer l'homme, d'en faire un coq, un scorpion, un torrent, un nuage. D'en faire, hors de lui-même, l'ensemble des hommes emportés en avant vers le tas par l'appel entre les noires fougères derrière quoi veille toute immobile la bouche sans figure aux dents de fleur. »

JACQUES AUDIBERTI, *La Nâ*,
© Éditions Gallimard

« Mouvement habituel de la rue, c'est-à-dire femme sur femme. Prendre, prendre dans le tas, dans le nombre, au hasard, n'importe laquelle de ces femelles bien nourries, bien vêtues, désinfectées, poncées, cautérisées au-dedans et au-dehors, mousseuses de lingeries fines, empoigner la première qui passe et avec ça refaire de la vie. À volonté. À profusion. Pêle-mêle, étrangers, inconnus, il y a pourtant entre nous la continuité de notre espèce. Mais le plus beau, c'est qu'il est inutile de penser, pas besoin de chercher midi à quatorze heures. Juste un sexe. Un sexe bien à point. Juste un pénis convenable à introduire en douceur et avec mille précautions après les simagrées d'usage. Et c'est tout. Burlesque et prodigieux. Ensorcelant. L'aspect le plus clair, le plus concis, le plus décisif de la liberté individuelle. Bon pour se suicider tout de suite sous le regard vide de la foule, au beau milieu du trottoir, avec, comme excuse, s'il en fallait une, la prise de conscience subite d'un excès de puissance explosive. Obsédé par ces corps qui m'environnent. La rue vous plonge de force dans une sorte de macrocosme utérin meublé d'ovaires congelés. Baiser. Copuler. Le mot d'or. Le mot de passe. Mot clef de la destinée animale. La femme en saillie. Calcinée en un endroit crucial d'elle-même qu'il faudrait apaiser, guérir. Dans l'attente d'un déclic qu'elle entrevoit, qu'elle souhaite confusément et retarde, exaspérée, comme une délivrance, alors qu'elle est plus que jamais dépendante et soumise. Arrimée. Embrochée. Forcée au plus lointain d'elle. Victime obligatoire de cette intromission dont l'homme est le grand prêtre, le sacrificateur. *Encore.* Aveu de détresse, de peur et de joie de la femme prise, conduite aux frontières de l'agonie. *Fais bien attention, chéri.* Le sexe et son code verbal. Sa liturgie et ses incantations. Messe noire. Messe primitive. Le couple pathétique. Alliance d'ennemis sournois, l'un des deux désigné pour dévorer l'autre, face à face dans la communion des reins. Leur délire glandulaire et sacré comme une foi fanatique. Chacun officiant pour son propre compte. Avare. Doué de la précision lucide des instincts. Mâle et femelle isolés dans un firmament de chair morte. Divisés, solitaires pour ce périple du plaisir. Je suis dans cet instant d'amour ta nourriture précieuse. J'habite, j'engrosse ton ventre et je vis de ta vie. Je prends ton souffle à la racine de ta gorge. Mon sang va se mêler au tien, mais je t'échappe, protégé, hors d'atteinte de ton appétit de possession. Cloisonné. Hors de portée derrière ce front si simple que rien ne peut trahir. Interroge. Supplie. Menace. Je peux mentir. Je peux mentir à l'infini. Mes yeux, ma voix, les mots, mes larmes mêmes, tout cela ment à l'infini et je t'échappe, libre dans n'importe quelle autre aventure, loin de cette petite fraction de temps terrestre où nous nous débattons, certains de notre don réciproque. Et tu restes là, toi accrochée à moi de toutes tes forces, rejetée sans le savoir sur une rive nue d'où tu appelles, confiante, rencontrant cet écho de ma voix qui te répond *machinalement*. Ou peut-être es-tu toi aussi si loin de cette rive que j'imagine, n'appelant qu'une image imprécise de l'homme. Il y a pour nous séparer l'incalculable distance entre nos sexes. Le couple s'empoigne pour s'aimer, se soutire des sanglots, des hoquets, se berce de jérémiades et d'injures excitantes. Le couple s'ignore, se vole, se ment et se déchire. C'est l'amour. Et la femme, vigilante, minutieuse comme une fourmi, compte mentalement les jours, toujours plus ou moins inquiète, toujours plus ou moins incertaine de ses calculs ovariens. Esclave de sa propre réalité. Éternellement responsable. Astreinte, malgré elle, aux pratiques sanitaires, sa pantomime d'après l'amour. Bête à l'entrave. Jonglant avec les éponges, les cuvettes, les bocks à injections, les serviettes et les onguents. Déesse obscure de tout un étrange réseau de faïence froide. De tout un matériel cliquetant. Propre et net. Définitif comme la mort. Penchée sur ce trou qui la laisse béante. Par où la vie entre et sort, expulsée un jour comme une tumeur mauvaise. Attentive et soigneuse pour cette bouche informe comme si, au centre, dissimulé et brillant dans l'embrouillamini de la toison légère, il y avait l'œil de Dieu. Un œil obscène qui cherche l'homme, l'attend, l'attire pour sa plus grande malédiction... »

LOUIS CALAFERTE, *Septentrion*,
© Éditions Denoël

*Tout ça à cause de ce trou qui cligne entre ses deux paupières de borgne son clin d'œil de néant.
Comme si repasser à l'endroit de sa naissance pour l'homme était croiser la Mort.*

4

Du désir

« — Elle te trouble ? Comment ? Par son corps ?

— Si tu veux : par sa façon d'être physique, puisque je ne connais que celle-là. Nous ne nous sommes, pour ainsi dire, jamais adressé la parole. J'aurais d'ailleurs beaucoup de difficulté à lui parler.

— Tiens, elle t'intimide !

— Oui, je me sens absolument sans pouvoir devant les filles comme ça. Tu vois ce que je veux dire ?

— Certains garçons très beaux ont pu me faire cet effet. Ça m'amuse que tu m'avoues ta timidité.

— Mais je suis très timide ! En général, on me dispense de faire les premiers pas. Je n'ai jamais poursuivi une fille que je ne sentais favorable d'emblée.

— Et celle-ci ?

— Écoute, c'est très bizarre. Elle provoque en moi un désir certain, mais sans but, et d'autant plus fort qu'il est sans but. Un pur désir, un désir de "rien". Je ne veux rien faire, mais le fait d'éprouver ce désir me gêne : je ne croyais plus trouver aucune femme désirable. Et puis, je ne veux pas d'elle. Elle se précipiterait dans mes bras, que je la repousserais.

— Jalousie ?

— Non. Et pourtant, même si je ne veux pas d'elle, j'ai l'impression d'avoir comme un droit sur elle : un droit qui naît de la force même de mon désir. Je suis convaincu de la mériter mieux que quiconque. Hier, par exemple, au tennis, je regardais les amoureux, et je me disais que, dans toute femme, il y a un point vulnérable. Pour les unes, c'est la naissance du cou, la taille, les mains. Pour Claire, dans cette position, cet éclairage, c'était le genou. Tu vois, il était comme le pôle magnétique de mon désir, le point précis où, s'il m'était permis de suivre ce désir et de ne suivre que lui, j'aurais d'abord placé ma main. Or c'est là que son petit ami avait posé la sienne, en toute innocence, en toute bêtise. Cette main, avant tout, était bête, et ça me choquait.

— Eh bien, c'est facile : mets-lui la main sur le genou. Le voilà l'exorcisme !

— Tu te trompes. C'est la chose la plus difficile. Une caresse doit être consentie. Moins dur serait de la séduire. »

Éric Rohmer, *Le Genou de Claire* in *Six Contes moraux*,
© Cahiers du cinéma

« "T'as soif, mon Stève ? Je vais te préparer de la framboise avant que tu partes. T'as soif, hein !" Déjà elle s'est levée, est partie vers la cuisine. L'été m'imprègne, entre dans ma peau, dans mes petites couilles. Je me suis mis à bander, seul. Elle revient avec un grand verre, couleur de rubis, où trempe une paille, et me le tend ; je le repousse. "Toi d'abord, Germaine." Elle hésite. Un fugitif équilibre. Ses yeux bleus, graves, fixés sur les miens, n'ont rien décidé encore, ou plutôt si. Elle me prend le verre des mains, suce la paille, aspire quelques gorgées ; ce sont nos regards qui se boivent, ne se délaissent pas une seconde. Elle me redonne le verre, la paille où est resté un peu de sa salive. "À toi." La toile de cette journée se fend sous une serpe aveuglante. J'envoie valdinguer le verre à travers la fenêtre, me jette sur sa bouche – mais elle me maintient un instant à distance, de ses bras de catcheuse, fermant les yeux. "Doucement, mon chéri Stève !" Son haleine à la framboise, de tout près. Elle entrouvre sa bouche, m'attire. Ça a duré un siècle, je suppose. Oui, j'ai eu ma part. Pendant une pause, elle m'a dit : "Tu veux que je te donne à boire, *du vrai* ? Laisse-moi t'apprendre." Elle a posé ses lèvres contre les miennes et m'a injecté, distillé sa salive, à petites giclées ; elle en avait plein la bouche. "Du baume de mon cœur, Stève, y a pas besoin de paille pour ça." Entre deux jets, je tétais sa langue charnue, raclant les papilles entre mes dents. Je me frottais contre son ventre – soie et tiédeur – je fondais dans mon slip, au bord de la décharge. Enfin, on a repris notre souffle, émerveillés, incrédules. Nous nous sommes désunis parce que ces instants oméga il faut *se* les regarder, comme on tient un tableau à bout de bras pour mieux le voir. Quelqu'un a sonné. Lorsqu'elle est revenue, elle m'a embrassé encore une fois, un long, un très long baiser. "Tu pourras attendre jusqu'à ce soir, mon grand ? J'ai du travail."

[...]

"Tu pourras attendre jusqu'à ce soir..." D'instinct, cette fille de mineur devinait le *blanc* paradisiaque entre la promesse et l'objet, elle nous voulait seuls, encore un peu, unis par l'absence, avant les gestes, les mains, le lit.

Je la surestime, penserez-vous, braves gens, je lui prête mes intentions ? Je n'ai jamais prêté qu'à ceux qui possédaient beaucoup. »

ANDRÉ HARDELLET, *Lourdes, Lentes*,
© Société Nouvelle des Éditions Pauvert, 1979

« Il sentit la résistance du slip emprisonnant sa queue. L'idée de "merde" (pas encore de l'étonnement) s'établissait en lui, s'emparait de tout son corps à mesure que sa queue durcissait, s'arquait dans le filet, se redressait enfin malgré le slip de treillis étroit, solide et fin. Gil essaya de voir en soi-même, avec plus de précision, le visage de Paulette, et tout à coup, son esprit se portant sur un autre point tenta, malgré l'obstacle de la jupe, de fixer ce qu'entre les cuisses portait la sœur de Roger. Ayant besoin d'un support physique facilement, immédiatement accessible, il se dit, avec, mentalement, un accent cynique :

— Et y a son frangin qu'est là, à côté, dans le brouillard !

C'est maintenant qu'il lui paraissait délicieux d'entrer dans cette chaleur, dans le trou noir, fourré, légèrement entrebâillé, d'où s'échappent des vagues d'odeurs lourdes et brûlantes, même quand les cadavres sont déjà glacés.

— Elle me plaît, tu sais, ta frangine.

Roger sourit largement. Il tourna son visage clair vers celui de Gil.

— Oh !...

Le son était doux et rauque, semblant sortir du ventre de Gil, n'être même qu'un soupir angoissé né à la base de la verge dressée. Il y sentait certainement un système rapide, direct, reliant immédiatement la base de sa queue avec le fond de la gorge et son râle assourdi. Nous aimerions que ces réflexions, ces observations que ne peuvent accomplir ni formuler les personnages du livre, permissent de vous poser non en observateurs mais en créatures ces personnages qui, peu à peu, se dégageront de vos propres mouvements. De plus en plus la queue de Gil devenait vigoureuse. Dans sa poche, sa main la retenait, en l'y plaquant, contre son ventre. Sa queue avait l'importance d'un arbre, d'un chêne au pied moussu, entre les racines duquel naissent les mandragores qui se lamentent. (Plaisantant de sa queue érigée, au réveil Gil disait parfois : "mon pendu"). Ils marchèrent encore un peu, mais plus lentement.

— Elle te plaît, hein ?

Il s'en fallut de peu que la lumière du sourire de Roger n'illuminât le brouillard, n'y fît éclater des étoiles. Il était heureux de sentir à côté de lui le désir amoureux faire la salive se presser aux lèvres de Gil.

— Ça te fait marrer, toi.

Les dents serrées, sans quitter ses mains des poches, lui faisant face, Gil força le gosse à reculer jusqu'à un renfoncement de la muraille. Il le poussa à l'aide de son ventre et de son buste. Roger garda son sourire, le reculant à peine, retirant à peine sa tête devant le visage tendu du jeune maçon qui l'écrasait de tout son corps vigoureux.

— Dis, ça t'a fait rigoler ?

Gil sortit une main – celle qui ne maintenait pas sa queue – de la poche. Il la posa sur l'épaule de Roger, et si près du col que son pouce frôla la peau glacée du cou du môme. Les épaules appuyées au mur, Roger se laissa glisser un peu, comme en s'affaissant. Il souriait toujours.

— Hein ? Ça te fait marrer ? Dis ?

Gil avançait en conquérant, presque en amoureux. Sa bouche avait la cruauté et la mollesse des bouches de séducteurs, ornées d'une fine moustache noire, et son visage devint tout à coup si grave que le sourire de Roger, par le fait d'un léger abaissement des coins de ses lèvres, s'attrista. Le dos au mur, Roger glissait toujours très doucement, gardant le sourire un peu triste avec lequel il paraissait sombrer, s'engloutir sous la vague monstrueuse de Gil qui coulait avec lui, une main dans la poche, accroché à la dernière épave.

— Oh !

Gil fit entendre ce même râle, rauque et lointain, que nous avons dit.

— Oh, j'la voudrais, tu sais, ta frangine, J'te jure si j'la tenais comme j'te tiens, qu'est-ce que j'y foutrais !

Roger ne répondit rien. Son sourire disparut. Ses yeux restèrent fixés sur ceux de Gil, où seuls étaient doux les sourcils poudrés par le ciment et la chaux.

— Gil !

Il songea :

— C'est Gil. C'est Gilbert Turko. C'est un Polonais. Y a pas longtemps qu'il travaille à l'Arsenal, su' l'chantier, avec les maçons. Il est coléreux.

Près de l'oreille de Gil, confondant les mots avec son haleine qui trouait le brouillard, il murmura :

— Gil !

— Oh !... Oh !... J'en ai drôlement envie. Et qu'est-ce que j'y foutrais. Toi, tu y ressembles. T'as sa p'tite gueule. »

Jean Genet, Querelle de Brest,
© Éditions Gallimard

« Il y avait quelque chose en Flora qu'il avait envie d'attraper brutalement – de tordre, de tirer, de maltraiter ! Ce qu'elle avait de plus attirant, c'était sa peau. Cette peau fine, et douce, et blanche...

John parcourait des yeux le corps de Flora. Elle portait un sweater noir et une jupe à carreaux noirs et blancs. Il regardait ses jambes ; un coup de vent souleva sa jupe, il vit la chair nue au-dessus des bas. Il roula sur le ventre, et lui posa les mains sur les cuisses. Il ne l'avait jamais touchée auparavant de façon si intime, mais cela pouvait paraître, d'une certaine façon, un geste tout à fait naturel. Elle n'eut qu'un mouvement de recul étonné. Et soudain il sut quelle était la chose importante qui allait se passer entre eux. Il l'attrapa par les épaules et tenta de la coucher sur l'herbe. Mais elle se défendait sauvagement. Ils ne disaient rien. Ils luttaient simplement comme deux animaux sauvages, roulant dans l'herbe et se griffant l'un l'autre. Flora griffait le visage de John, et John griffait le corps de Flora. Et ils acceptaient cela, cette bataille désespérée, comme s'ils avaient su de tout temps qu'elle arriverait, qu'elle devait inévitablement arriver. Et ils ne dirent pas un mot, jusqu'à ce qu'enfin ils retombent épuisés dans l'herbe, le souffle coupé, et regardant la nuit envahir lentement le ciel.

Le visage de John était égratigné et saignait en plusieurs endroits. Flora pressa ses mains contre son ventre et cela lui fit mal : il l'avait heurté du genou en essayant de l'immobiliser.

C'est fini, maintenant, dit-il. Je ne te ferai pas de mal. »

Tennessee Williams, *La Statue mutilée*,
© Éditions Robert Laffont

Ceux qui nous ont élevées dans la pudeur savent bien qu'ils justifient ainsi l'idée que la seule manière de véhiculer son désir pour l'homme est le viol.

Le viol peut être compris comme le prix de l'omerta du désir chez la femme.
Le signal de la légitimité du passage à l'acte est alors son propre désir, analysé non comme une pulsion, mais comme une réponse.
Le silence de la femme peut être interprété comme une demande, puisqu'elle a engendré la tentation.
Aussi lui a-t-on signifié depuis toujours le Silence.

« RAYMOND QUENEAU. — Que pensez-vous du viol ?

BENJAMIN PÉRET. — Tout à fait opposé.

YVES TANGUY. — Très très bien.

ANDRÉ BRETON. — Tout à fait hostile.

RAYMOND QUENEAU. — C'est la seule chose qui m'intéresse.

MARCEL DUHAMEL. — Ça ne m'intéresse pas.

JACQUES PRÉVERT. — Je trouve ça légitime. »

COLLECTIF, *Recherches sur la sexualité*, présenté et annoté par
JOSÉ PIERRE, Archives du Surréalisme, 4,
© Éditions Gallimard

« Elle gisait immobile, absolument passive, l'esprit entièrement occupé du jeu de mes doigts. Je pris sa main et la glissai dans ma braguette qui se déboutonna magiquement. Elle empoigna solidement ma verge, mais doucement, la caressant, l'effleurant habilement. Je lui jetai un bref coup d'œil par-dessous et vis une expression de quasi-béatitude sur ses traits. C'était cela qu'elle aimait : cet échange aveugle, tactile, d'émotions. Si seulement elle pouvait s'endormir pour de bon en ce moment, se laisser baiser, feindre que c'en était fini pour elle de guetter, de veiller... de se donner simplement, totalement, et pourtant innocemment... mon Dieu, quelle félicité ce serait ! Ce qu'elle aimait, c'était baiser avec son con intime ; gisant là parfaitement immobile, comme en transe. Sémaphores au garde-à-vous ; distendue ; jubilante ; tressautante ; chatouillante ; tétante ; accrochante ; elle pouvait baiser à cœur joie, baiser jusqu'à épuisement de la dernière goutte de jus.

Il fallait à tout prix, maintenant, éviter un faux mouvement, éviter de crever la mince membrane qu'elle continuait à tisser comme un cocon autour de son moi charnel et nu. Passer du doigt à la pine exigeait une habileté de magnétiseur. Ce plaisir vénéneux, il fallait l'accroître par doses aussi insensibles que possible, comme un poison auquel le corps ne s'accoutume que lentement. Il faudrait la baiser à travers le voile du con, tout comme, il y avait des années, pour la prendre, j'avais dû la violer à travers sa chemise de nuit... Une pensée diabolique me vint à l'esprit, tandis que ma verge frémissait de volupté sous ses caresses adroites. Je la revoyais assise sur les genoux de son beau-père, dans l'ombre, la fente gluée à la braguette du vieux, comme toujours. Je me demandais quelle tête elle eût faite, si elle avait senti soudain le ver luisant de la ganache se faufiler dans son con rêveur ; si, pendant qu'elle murmurait sa litanie perverse d'amour adolescent aux oreilles de l'autre, inconsciente du fait que son vêtement léger comme une gaze ne couvrait plus ses fesses charnues, cette chose honteuse, qui se dissimulait entre les jambes du vieux, s'était brusquement redressée dans un éclair pour grimper en elle et exploser comme un revolver à eau... Je la regardais pour voir si elle pouvait lire mes pensées, sans cesser cependant d'explorer les plis et replis de son con embrasé, à grands palpes hardis et agressifs. Ses paupières étaient étroitement closes ; ses lèvres, lascivement entrouvertes ; le bas de son corps se mit à gigoter et à se tortiller, comme un poisson se débat dans le filet. Doucement, je retirai sa main de ma verge, soulevant en même temps, délicatement, une de ses jambes et la passant par-dessus moi. Je laissai ma pine tressaillir et frémir quelques instants à l'entrée de la fente, l'autorisant à glisser d'avant en arrière et vice versa, tel un jouet flexible en caoutchouc. Un refrain stupide tournait sans arrêt dans mon crâne : "Devine c'que j'tiens au-d'ssus d'ta tête... *du supérieur ou de l'extra ?*" Je continuai ce petit jeu provocant pendant un bout de temps, tantôt passant le nez de ma pine à l'intérieur, de deux ou trois centimètres, tantôt le frottant à l'extrême pointe du con et le blottissant ensuite dans le buisson humide de rosée. Tout à coup, elle ahana et, les yeux grands ouverts, se retourna complètement. En équilibre sur mains et genoux, elle se mit, frénétiquement, à vouloir coincer ma verge dans son piège gluant. Je la pris par les fesses, à deux mains, mes doigts faisant un glissando le long du bord interne et gonflé du con ; et ouvrant celui-ci comme j'eusse fait d'une balle en caoutchouc crevée, je plaçai ma pine au point vulnérable et j'attendis qu'elle se rabattît de tout son poids. Un instant, je crus qu'elle avait brusquement changé d'idée. Sa tête, qui jusqu'alors ballait en liberté, les yeux inertes tournant au rythme frénétique du con, se redressa soudain roide et tendue, en même temps que son regard se portait subitement sur un point de l'espace au-dessus de ma tête. Une expression de plaisir extrême et égoïste emplissait les pupilles dilatées et folles. Et tandis qu'elle imprimait à son cul un mouvement de rotation, ma verge n'étant encore qu'à demi entrée, elle se prit à mâcher sa lèvre inférieure. Sur quoi, me glissant un peu plus bas, je l'attirai à moi de toutes mes forces et l'enfilai jusqu'à la garde – si profondément qu'elle poussa un gémissement et que sa tête s'affala, face contre l'oreiller. Au même moment – alors que j'aurais pu empoigner une carotte et l'en fourgonner, pour la différence que cela aurait fait – on frappa un coup violent à la porte. Nous en fûmes si saisis l'un et l'autre, que ce fut tout juste si nous n'eûmes pas un arrêt du cœur. Comme d'habitude, ce fut elle qui reprit la première ses esprits. S'arrachant à moi, elle courut à la porte. »

Henry Miller, *Sexus*, traduction de Georges Belmont,
© Christian Bourgois Éditeur

« *18 août.*

C'est une violeuse. Je voudrais bien savoir ce qu'elle avait fait avec lui, ce dimanche de juin, car je me souviens bien de ce qu'elle avait fait avec moi.

Quand elle arriva chez moi, vers le soir, elle ne voulut pas se déshabiller ; pour s'excuser elle portait la main à sa ceinture. (Je ne savais jamais à quel moment du mois elle en était : mon contact avec elle n'était pas exquis.)

Est-ce lui prêter à tort mon absurde imagination que de la soupçonner d'être repassée chez elle en sortant de chez Jacques, pour se prémunir de cette ceinture ? Elle l'aurait fait par une espèce de scrupule spécieux.

Si j'admets, au contraire, qu'elle était vraiment indisposée, je renverse mes batteries, dans ma rage de la pire interprétation, et je suppose qu'au lieu de mettre de la différence entre Jacques et moi elle voulut, au contraire, m'obliger par la manœuvre qu'on va voir à la plus grande ressemblance de posture avec lui, pour obtenir un contraste mince, mais d'autant plus aigu. Si elle m'a dit : "Déshabille-toi", elle avait dû le dire aussi à l'Autre... (Peut-être suis-je un pauvre toqué ; en tout cas, j'aurais fait, si j'avais été femme, une fameuse garce.)

D'ailleurs, elle ne me dit pas tout à trac : "Déshabille-toi"; d'abord elle m'entraîna du divan sur le tapis, puis elle commença de ravager mon vêtement. Elle se défendait de ma bouche et de mes mains ; quand je compris son intention, je cessai mes attaques. Elle m'avait mis à demi nu.

— Veux-tu que je me mette nu ?
— Non, j'aime ta peau comme ça.
Son regard me brûlait à la hanche.
— Laisse-moi te caresser, dit-elle enfin.
"Il y a longtemps que je rêve de ton immobilité, de ton abandon", se disait-elle.
Son œil fut sur moi de plus en plus aigu (ce qui me fait dire qu'il y a en elle un principe de représentation, de vice) tandis que sa caresse, à travers mille détours, mille ruptures de rythme, allait vers son but.

Assez, voyageons encore, n'oublions pas l'Espagne.
Non, avant de m'endormir dans cette chambre de je ne sais quelle ville, il me faut en finir avec cet article, l'article de Nelly sensuelle.

Avant de me demander si elle n'aime pas plus le plaisir qu'elle donne que celui qu'elle reçoit, j'aurais dû remarquer qu'elle ne reçoit pas son propre plaisir, qu'elle le prend.
Même quand elle était femme, et renversée, soumise à mon poids, à mon injonction, il y avait en elle un égoïsme qui se contractait et dont je renonçais à venir à bout. Je n'étais qu'une épée dans sa main dont elle se faisait

mourir. Envahi d'indulgence ou de découragement, je remettais toujours à une autre fois de lui infliger le plaisir. »

Pierre Drieu La Rochelle, *Journal d'un homme trompé*,
© Éditions Gallimard

[...]

« Pierre Unik. — Quel est l'endroit du corps de la femme que vous préférez embrasser ?

Marcel Duhamel. — La bouche.

Raymond Queneau. — Les trous de nez.

André Breton. — Les seins.

Benjamin Péret. — Les oreilles et les seins.

Yves Tanguy. — Les jambes.

Jacques Prévert. — Les fesses.

Pierre Unik. — La nuque et le haut des cuisses.

Raymond Queneau. — Que pensez-vous du viol ?

Benjamin Péret. — Tout à fait opposé.

Yves Tanguy. — Très très bien.

André Breton. — Tout à fait hostile.

Raymond Queneau. — C'est la seule chose qui m'intéresse.

Marcel Duhamel. — Ça ne m'intéresse pas.

Jacques Prévert. — Je trouve ça légitime. »

Collectif, *Recherches sur la sexualité*, présenté et annoté par
José Pierre, Archives du Surréalisme, 4,
© Éditions Gallimard

Le viol, ça peut se concevoir comme une façon de donner la culpabilité à l'autre puisque les interdits contredisent les pulsions.
Il y a là-dedans quelque chose d'extrêmement puritain.
L'infortune de la chasteté.

« Ça gronde, en moi. Et si ? Ma queue se tord, un vilain serpent. Et si ?

Le muscle dans ma main – je me renifle. Elle est tournée vers la fenêtre. Je soulève le drap. Je la regarde. J'ai envie – de grogner. De. Salope. Et si je te. La cuiller. Allez. Un doigt dans sa fente. C'est chaud, un peu humide. Pute – elle doit rêver à des. Mon doigt dans sa – mouille. Elle tressaille – se recroqueville. Son sommeil. Tu vas voir. Faut que je. La pression monte. Ça fait trop longtemps que. Des jours. Alors. Ça gronde, ça veut – ça a envie. Je veux. Ça monte, ça brûle – ça m'exaspère. Je grogne, plaisir – ô – plaisir. Tout humide – étroite. Elle a besoin. De se faire ramoner plus souvent. Elle se débat – se réveille. Me repousse – ça y est. Elle se débat. Se réveille – proteste. Implore. Insulte.

Non mais quoi, salope – je pense.

Elle me repousse. Essaye. C'est bon. Je l'écrase. Lui coupe le souffle. Mords ses nibars. Elle se plaint. Gémit.

Et puis quoi encore ? Je vais te montrer comment c'est un homme – je dis. Tu vas voir. Tu vas voir comme je vais t'arroser, moi. T'es pas contente ?

Deux gifles.

Ça va mieux avec deux gifles ? Tu veux des coups. De poing, p't-être ?

Arrête – elle dit. Fais pas ça.

Et le diable, je pense. Qu'est-ce qu'il m'a fait ? Et le chauffeur qui. Puait, sa queue. Qui puait. Et il m'a. Asservi.

C'est bon – je dis. C'est bon, So-ouat ? Tu en veux plein la gueule ?

Tu es fou – elle dit.

Elle pleure. Répète que je suis fou, fou, je suis fou, que je suis. Fou. Elle. Pleure. J'en ai marre. Je sors de son trou – me lève. C'est. Fini. Elle pleure – niche. M'habiller, partir. Mais je vois ma queue dans la glace. Ma queue. Longue – elle plonge à demi raide. Elle plonge – oscille. Et sous moi, l'autre me regarde. Ça me fait sourire, je sais pas pourquoi. Je sais pas pourquoi – ça me fait bander. Elle me regarde – il y a. Elle a envie, je le sens.

Tu veux – je dis.

Elle respire, fort. Elle respire fort. Fort, vite. Elle.

Tu vois que t'aimes te faire violer – je dis.

Elle répond pas. Elle veut – elle veut, elle se tortille. C'est ma verge qui – l'hypnotise. Mes couilles gonflées, rasées, dures. Elle met sa main vers sa. Son. Sa fente rouge entre ses poils un peu roux.

Tu vas voir, ma poule.

Je me concentre, et ça vient. Bien. Ça vient. Bon. Un long jet. Elle gémit. Je me baisse – en pissant. Plein les cheveux. Elle en prend dans les yeux. Elle les ferme. Dans la bouche. Elle la ferme, ça coule sur ses seins. Elle aime, elle aime pas. Elle est secouée – aime, aime pas. Faut que je la dresse. Des coups de poing – je la retourne. Elle crie, des gifles. Deux doigts dans le trou. Du cul.

Non – elle crie. Non.

Tu parles. Je tortille mes doigts – deux doigts, je vous dis. Et après, je glisse mon ver – mon long ver au bout comme un. Champignon.

Non – elle crie encore. Je vais m'évanouir. Non. S'il te plaît. »

RICHARD MORGIÈVE, *Sex Vox Dominam*,
© Calmann-Lévy, 1995

« Ils étaient complètement ivres. Bob déclara qu'il avait sommeil. Jim déclara qu'il avait lui aussi besoin de dormir et qu'il allait rentrer, mais Bob insista pour qu'il restât. Ils se déshabillèrent rapidement, lançant leurs vêtements au hasard sur le sol, et s'affalèrent en caleçon sur le lit défait. Bob était étendu sur le dos, un bras replié sur le visage, apparemment inconscient. Jim l'observa : dormait-il vraiment ? Hardiment, Jim posa la main sur la poitrine de Bob. La peau était aussi lisse que dans son souvenir. Légèrement, il effleura les poils qui poussaient sous le nombril profond, puis prudemment, comme un chirurgien exécutant une opération difficile, déboutonna le caleçon de Bob. Celui-ci remua sans se réveiller, et Jim ouvrit tout grand le caleçon. Au milieu des épais poils blonds, la pâle proie longtemps poursuivie. Lentement, sa main se referma sur le sexe de Bob, et il le tint, longtemps lui sembla-t-il. Il le tint, jusqu'à ce que, relevant la tête, il s'aperçoive que l'autre avait les yeux ouverts et le regardait. Le cœur de Jim s'arrêta.

"Mais qu'est-ce que tu fous là ?" La voix était dure. Jim resta muet. C'était la fin du monde. Il laissa sa main où elle était. Bob le poussa. Jim était figé.

"Lâche-moi, espèce de pédale !"

Ce ne pouvait être qu'un cauchemar, pensa Jim. Ça n'était pas vrai. Mais quand il reçut la gifle de Bob en pleine figure, la douleur le réveilla. Jim se protégea. Bob sauta sur ses pieds et, vacillant d'ivresse, essaya de se reboutonner.

"Allez, fous-moi le camp d'ici !"

Jim toucha l'endroit où il avait été frappé. Le coup résonnait encore dans sa tête. Saignait-il ?

"Je te dis de te tirer ! Tu m'entends ?" Bob avança vers lui, menaçant, poings serrés. Et soudain, submergé par la rage autant que par le désir, Jim se jeta sur Bob. Ils se mêlèrent. Ils tombèrent sur le lit. Bob était fort mais Jim l'était davantage. En haletant et en hoquetant, ils se battirent des pieds et des poings, mais Bob était loin d'être à la hauteur de Jim et en fin de compte, Bob se retrouva face contre le lit, un bras coincé dans son dos, soufflant, en sueur. Jim contempla ce corps désarmé, et délibérément, il tordit le bras qu'il tenait. Bob poussa un cri. Cette souffrance fit plaisir à Jim. Mais que faire ? Jim essaya de se concentrer, mais la boisson rendait la chose difficile. Il regardait ce corps haletant sous lui, le large dos, le caleçon déchiré, les longues jambes musclées. Une ultime humiliation : de sa main libre, Jim descendit le caleçon, faisant apparaître des fesses blanches, dures, sans poils. "Oh non ! Non ! murmura Bob. Par pitié."

Jim en avait fini. Il reposait sur le corps inerte, à bout de souffle, vidé de toute émotion, et conscient que tout était terminé ; le cercle se refermait ; c'était fini.

Jim se releva enfin. Bob ne bougea pas. Il restait face contre l'oreiller qu'il serrait. Jim s'habilla, puis revint vers le lit pour regarder le corps qu'il avait aimé avec tant de résolution pendant tant d'années. Était-ce donc tout ? Il toucha l'épaule ruisselante de Bob, qui fit un mouvement d'écart. Peur ? Dégoût ? Peu importait à présent. Jim toucha l'oreiller : il était mouillé. Des larmes ? Très bien. Sans un mot, Jim alla jusqu'à la porte et l'ouvrit. Il jeta un dernier regard sur Bob, puis éteignit la lumière et referma la porte derrière lui. Il sortit de l'hôtel et marcha au hasard. Il marcha pendant des heures et se trouva soudain devant un des nombreux bars où les hommes viennent en chasse. Il entra, prêt à boire jusqu'à ce que le rêve fût complètement oublié. »

GORE VIDAL, *Un garçon près de la rivière*,
© Éditions Payot et Rivages, 1999

« On a beaucoup écrit sur l'amour qui se transforme en haine, sur le cœur qui, avec la mort de l'amour, devient de la glace. C'est un processus remarquable. Considérablement plus terrible que tout ce que j'avais lu sur le sujet, plus terrible que je ne saurais jamais le dire.

Je ne sais plus maintenant quand, en regardant Hella, pour la première fois je m'en sentis las, quand je trouvai son corps sans attrait, sa présence irritante. Il me sembla que tout se produisait à la fois – ce qui veut sans doute dire que c'était en marche depuis un certain temps. J'en retrouve la trace dans une chose aussi vague que le contact de la pointe de son sein sur mon avant-bras alors qu'elle se penchait pour me servir à dîner. Je sentis ma chair se rétracter. Ses dessous à l'odeur étrangement douce séchant dans la salle de bains, et dont j'avais en fait trouvé qu'ils étaient lavés beaucoup trop souvent, me paraissaient soudain inesthétiques et malpropres. Un corps qu'il fallait couvrir de bouts de tissus aussi bizarres me paraissait maintenant grotesque. J'observais parfois les mouvements de son corps nu et me prenais à souhaiter qu'il fût plus dur et plus ferme, sa poitrine m'intimidait horriblement et je me mis, lorsque je la pénétrais, à craindre de ne pas en sortir vivant. Tout ce qui avait fait mon délice semblait maintenant m'écœurer. »

JAMES BALDWIN, *La Chambre de Giovanni*,
© Éditions Payot et Rivages, 1997

Le paradoxe du plaisir, c'est que son aboutissement est sa fin.
Le plaisir réel ne réside pas dans son accomplissement mais dans son apocalyptique recherche.
À moins que le but ne soit cet abominable néant qui succède au plaisir non point pris mais absous. Matérialisé et occis dans sa déflagration. Le vide de soi, comme si le plaisir était cet Alien morbide qui prend racine en nous à notre

insu et dont on se prive dès qu'on veut le mettre à jour.
N'est-il point normal alors que le plaisir – puisque l'atteindre est le faire mourir et qu'il ne réside que dans sa poursuite – se voue aux plus cruelles chimères, qu'il côtoie parfois les idées de torture ou de meurtre, de soi ou de l'autre, et qu'il se confonde avec ce que l'on redoute le plus ? Ce qui appelle à la plus grande répulsion lorsqu'on est moralement sain.
D'où la née-cécité de l'étroite morale comme une nécessaire précaution, comme des œillères sans lesquelles nous, pauvres hères, ne saurions avancer avec la pleine vision du monde sans prendre peur.
Mais voilà que ces œillères, devenues une part de nous-mêmes, un outil de contention loin de tenir son rôle apaisant, œuvrent comme des tenailles au feu de nos soubassements les plus abjects. L'interdit du plaisir dérive en nous dans la moiteur de nos consciences inquiètes et hypocrites. Et loin de nous fédérer en des êtres semblables en proie aux mêmes désirs, ce qui modérerait notre coupable désarroi ; nos vils appétits nous contraignent de les refouler en nous-mêmes, sans lumière ni espace, à peine un soupirail pour respirer. Nos désirs galeux, nos oripeaux d'infortune, passent ainsi leur jeunesse aux fers dans de sinistres cachots où ils n'ont qu'une maigre pitance pour subsister. Mais loin de se sentir anéantis, ils s'agrippent aux barreaux, avec quelle fureur ils en secouent les grilles. Et de cette clameur souterraine aussi poignante qu'un chant de galérien, s'exhalent

de sombres volutes. Et soudain on est sûr d'y avoir aperçu le désir, dandy à la mince silhouette, tenant serré contre ses côtes efflanquées son invisible butin, comme le voleur de poule ; et jetant parfois un regard soucieux en arrière. Mais jamais personne ne se lance à sa poursuite.

Le désir réfréné est le plaisir même.

Le désir est un objet virtuel qui a toutes les apparences de la réalité, mais qu'on invente comme les contes effroyables réservés aux jeunes enfants auxquels on apprend que les plaisirs viennent de la peur la plus terrifiante et qu'ils sont intimement liés à la culpabilité.

Car le plaisir, pour être, doit être inavouable.

5

Du plaisir de la masturbation

« Au séminaire comme au monastère, le corps prend des habitudes simples qu'on lui inculque d'autant plus facilement qu'il n'a pas de souvenirs, et avec une régularité espacée suivant le tempérament de chacun, il se décharge nuitamment en abondance, pendant que la nature, s'appuyant sur votre imagerie particulière, vous envoie des rêves charmants. Je me serais fort bien accommodé de ce régime qui n'implique aucun péché, puisque l'intention ni le libre arbitre n'y sont pour rien, heureux de me réveiller tout alangui de voluptés involontaires, détendu, l'âme débandée et souriante, mais cela me fut refusé. Après une trêve de chasteté facile, mon corps se prit à diablement vouloir, j'eus un sommeil incertain, des moiteurs angoissées, des sécheresses fiévreuses : le drame commençait, un de ces drames que presque tous les êtres ont connu, la lutte de Jacob et de l'Ange, le refus forcené de soi-même, et l'abandon terrible qui s'ensuit, lutte d'ailleurs qui n'est tragique que parce que toute la civilisation nous en a fait un crime depuis notre enfance. Il n'est rien en somme dont l'homme ne se cache aussi totalement que de la masturbation. Notre jeunesse pourtant se développe autour et le nombre d'hommes et de femmes qui s'y adonnent, jusqu'au déclin de leurs désirs, est prodigieux. C'est le refuge de l'insatisfaction du cœur et des sens, c'est la douceur qui vient couvrir la douleur physique, c'est l'oubli, la préparation au sommeil, la continuation de la nuit, une lanterne magique où s'allument des images ravissantes, un épanchement furieux, une montée charmante au plaisir ; et c'est l'ombre, la solitude, la reconnaissance en soi de richesses fabuleuses, un amusement d'enfant, un cri d'homme, un soupir de femme, c'est à quelque âge qu'on ait la jeunesse retrouvée et par sa propre main comme un diplôme de beauté ; mais c'est aussi la honte, le secret, les portes fermées à double tour, la peur d'être surpris, le halètement retenu, l'objet familier détourné de son usage et approprié à des rages qui ne s'avouent pas, c'est l'œil de la bête qui s'allume dans son visage qu'on ne reconnaît point, sa laideur étalée, des cris dont on a horreur, des soupirs qui montent d'on ne sait où, de bien plus loin et plus profond que l'homme, une buée qui vient aveugler les vitres du moi, et dans laquelle, prisonnier, l'on se tord, l'on se torture, l'on souffre, l'on se refuse et l'on se donne ! À qui ? À quoi ? À rien, à personne, comme le clown qui lutte avec lui seul, ses propres mains agrippées à ses propres épaules. Ah ! que je me suis débattu dans cette cellule qui devenait tout à coup la chambre des démons ; je me jetais aux pieds du lit, je m'enfonçais dans la prière, mais le sang battait encore en plein ventre et rien d'inhumain ne pouvait abattre cette extrême turgescence qui me précédait comme un fanal et renvoyait en moi d'abominables lueurs. J'aurais pu hurler dans ma solitude ; je quittais la pièce ; je courais à la chapelle, au jardin ; je revenais, je m'agenouillais, je me relevais, je retombais, je repartais, je rentrais et je venais enfin m'abîmer, vaincu, dans une déchirante volupté. »

Maurice Sachs, *Le Sabbat*,
© Éditions Gallimard

« Je suis entré dans les toilettes du train qui me ramenait d'Alexandrie. La lumière qui se reflétait sur les murs de plastique orange avait une teinte chaude. Le sol était mouillé, taché de boue. Derrière la vitre opaque des formes sombres défilaient. Comme des idées passagères. Je pissai. Machinalement, en boutonnant ma braguette, je me regardai dans le miroir fixé à la porte. Mon image se reflétait doublement : de face, puis de trois quarts dos, dans l'autre miroir qui se trouvait au-dessus du lavabo. Une terrible excitation montait en moi. Je fis tomber mon blue-jean sur mes genoux. Je portais un caleçon à fines rayures grises et blanches que j'avais acheté pour éviter aux élastiques d'un slip d'aggraver les plaies que j'avais à l'aine. Mon sexe se raidit. Je m'appuyai dos à la fenêtre et me touchai à travers l'étoffe du caleçon. Le tissu était lâche autour des cuisses. Je sortis par cet espace ma queue tendue et mes couilles. Je commençai à me branler. Le train ralentit et je crus qu'il allait s'arrêter. Mais il reprit sa vitesse de croisière. La poignée de la porte tourna puis revint à sa position de départ. Quelqu'un voulait entrer et j'étais face à lui. La porte nous séparait. Elle portait le miroir qui me renvoyait mon image et m'excitait. J'imaginais qui pouvait vouloir entrer. Personne, sans doute, qui pût combler mes fantasmes de jeunes garçons doux de violence au repos qui m'auraient sodomisé devant le reflet du miroir, ou de gamines lascives que j'aurais souillées d'un jet d'urine avant de les baiser. Mais cette pensée suffit à me faire jouir. Quand j'ouvris la porte et me trouvai face à deux femmes dont l'une tenait par la main un petit garçon grassouillet, mon sperme dégoulinait en rigoles blanchâtres sur le miroir. »

Cyril Collard, *Condamné amour*,
© Éditions Flammarion

« À mon retour, je sentis que quelque chose venait de basculer. Une fille était assise à la table voisine de la mienne, seule. Elle était beaucoup plus jeune que Véronique, elle pouvait avoir dix-sept ans ; n'empêche qu'elle lui ressemblait horriblement. Sa robe très simple, plutôt ample, en tissu beige, ne soulignait pas vraiment les formes de son corps ; celles-ci n'en avaient nullement besoin. Les hanches larges, les fesses fermes et lisses ; la souplesse de la taille qui conduit les mains jusqu'à deux seins ronds, amples et doux ; les mains qui se posent avec confiance sur la taille, épousant la noble rotondité des hanches. Je connaissais tout cela ; il me suffisait de fermer les yeux pour m'en souvenir. Jusqu'au visage, plein et candide, exprimant la calme séduction de la femme naturelle, sûre de sa beauté. La calme sérénité de la jeune pouliche, encore enjouée, prompte à essayer ses membres dans un galop rapide. La calme tranquillité d'Ève, amoureuse de sa propre nudité, se connaissant comme évidemment, éternellement désirable. Je me suis rendu compte que deux années de séparation n'avaient rien effacé ; j'ai vidé mon bourbon d'un trait. C'est ce moment que Tisserand a choisi pour revenir ; il transpirait légèrement. Il m'a adressé la parole ; je crois qu'il souhaitait savoir si j'avais l'intention de tenter quelque chose avec la fille. Je n'ai rien répondu ; je commençais à avoir envie de vomir, et je bandais ; ça n'allait plus du tout. J'ai dit : "Excuse-moi un instant…" et j'ai traversé la discothèque en direction des toilettes. Une fois enfermé j'ai mis deux doigts dans ma gorge, mais la quantité de vomissures s'est avérée faible et décevante. Puis je me suis masturbé, avec un meilleur succès : au début je pensais un peu à Véronique, bien sûr, mais je me suis concentré sur les vagins en général, et ça s'est calmé. L'éjaculation survint au bout de deux minutes ; elle m'apporta confiance et certitude. »

MICHEL HOUELLEBECQ, *Extension du domaine de la lutte*,
© Maurice Nadeau – Les Lettres Nouvelles

« Elle est allongée à côté de lui, parfaitement immobile. Elle doit se palper pour bien s'assurer qu'elle n'est pas morte. Elle songe aux deux premières semaines où elle s'était retrouvée avec une jambe dans le plâtre. Elle avait pris l'habitude de se masturber régulièrement, pour se convaincre qu'elle pouvait encore avoir d'autres sensations que la douleur. La douleur était sa religion, alors. Le plus total des engagements.

Sa main glisse sur son ventre. L'index droit caresse le clitoris, pendant que le gauche s'enfonce en elle, jouant les pénis. Qu'est-ce que ça peut bien ressentir, un pénis, avec toute cette douceur de chair qui l'enveloppe et qui cède et se creuse ? Trop petit, ce doigt. Elle en ajoute un second et écarte les deux en fourche. Mais les ongles sont trop longs et font mal.

Et s'il se réveillait ?

Peut-être est-ce cela qu'elle aimerait – qu'il se réveille et voie comme elle se sent seule.

Seule, seule, seule. Elle bouge les doigts au rythme de ce mot et sent ceux qui sont à l'intérieur devenir doux et crémeux, tandis que le clitoris se hérisse, dur, rouge. Rouge... le bout des doigts est-il sensible aux couleurs ? Rouge, c'est comme ça qu'elle le sent, au toucher, tandis que la caverne, les doigts la sentent pourpre. Pourpre royal. Comme si le sang, là en bas, était bleu.

— À quoi pensez-vous en vous masturbant ? lui demandait son psychanalyste allemand.

Il prononçait : *À quoi pensez-fous ?* (Je pense fou donc je suis.)

À vrai dire, elle ne pense à personne en particulier. Si, à tout le monde, plutôt. À son psychanalyste et à son père. Non, pas à son père. Impossible. À un homme dans le train, oui. Ou caché sous le lit. Un homme sans visage. Un homme avec un grand blanc à la place de la figure. Et le pénis qui a un œil, unique et qui pleure.

Elle sent les convulsions de l'orgasme téter avidement l'extrémité et le pourtour de son doigt. Puis ses mains retombent le long de son corps et elle sombre dans un sommeil de mort. »

Erica Jong, *Le Complexe d'Icare*,
© Éditions Robert Laffont

« Quand je fais ça, j'aime bien penser à quelqu'un. Qui serait là juste pour regarder. Pas touche. Interdit. Rien que le droit de tirer la langue.

À quelqu'un de totalement impossible de préférence. Le président de la République ou Belmondo par exemple. Ou alors Paul.

[...]

Quelquefois, je me sers d'un concombre. C'est doux, mais c'est horriblement froid. J'oublie toujours de le sortir du frigo avant, ça me prend comme ça, faut dire. Pas le temps de prévoir, de préparer.

L'autre jour, Hélène est passée en coup de vent me rendre des bouquins. J'épluchais le concombre. J'épluche toujours, pour le satiné et à cause des microbes. Elle est restée à discuter dix minutes. J'attendais comme une conne, le concombre épluché à la main. Pas question de le couper en rondelles, tu parles. Elle a dû trouver ça bizarre.

Le plus souvent, je préfère sans accessoire. Le majeur bien en place, et roulez jeunesse...

Évidemment, une langue, ce serait l'idéal. Et l'idéal de l'idéal, ce serait ma langue. »

Cécile Philippe, *Petites Histoires horizontales*,
© Le Pré aux Clercs, 1997

Trouvé dans une vieille Encyclopédie Larousse du Vingtième Siècle :
Onanisme : *ensemble des moyens employés pour provoquer artificiellement les jouissances sexuelles.*
— ENCYCL. l'onanisme détermine souvent des accidents graves ; aussi devra-t-on surveiller les enfants à l'approche de la puberté. Les bromures, l'hydrothérapie, la gymnastique, l'exercice, la cure d'altitude, les médications martiales et arsenicales, etc. seront tour à tour employés.

*

Ce qu'il y a d'intolérable dans la masturbation, c'est qu'elle anéantit l'idée du couple. L'autre n'existe pas. Mieux, si l'imaginaire de la masturbation fait que par hasard on convoque l'autre au chevet de son plaisir, son intrusion dans le réel ruinerait la tentative.
Se masturber, c'est tromper l'autre avec sa propre image.

Ce n'est pas seulement une substitution, c'est la preuve d'une suprématie : l'imagination étant plus forte que la réalité.
C'est que le sexe n'a pas besoin d'élément matériel pour se produire. La configuration mentale suffit amplement, pour peu que la main agisse — et tout artiste, qu'il soit peintre, écrivain ou virtuose, sait à quel point la main peut se détacher aisément du conscient pour faire ouvrage occulte.
Ici la main se fait sexe, elle fouille, elle fouit ou bien elle lèche, elle encercle : elle jouit.
Elle est son propre orgasme.

Présent, l'autre agit à la fois comme témoin et comme miroir, c'est le don négatif de soi-même à l'autre, d'autant plus banni qu'il est proche. Le désir procède à ce moment-là comme une barrière infranchissable, comme si celui à qui il est dédié devait rester l'intouchable : alternativement celui qu'on ne peut atteindre et le paria, celui de la caste des intouchables.

*

Il se peut qu'on préfère encore la position du voyeur tapi dans l'ombre, qui salive et retient son souffle. Car son plaisir, c'est d'en être exclu. De s'interdire de jamais exprimer le privilège du mépris que lui donne sa vision salace sur ceux qu'il épie et de mesurer la désespérante solitude de sa souffrance.
Ne l'est-on d'ailleurs pas, « en souffrance ».
Privé des abysses du plaisir physique pour une supériorité mentale qui laisse son plaisir dans les limbes, dans un refus d'incarnation fœtale.

En tant qu'objet de plaisir, le voyeur refuse de naître.
Il se considère comme une sentinelle.
Il ne participe pas.
Il épie et dénonce.

« Ma voisine était insensiblement venue près de moi comme si elle voulait me répondre. Je regardai les gens d'alentour. Ils étaient comme ils sont toujours perdus dans leurs rêves. Cette histoire n'est pas une histoire. Elle avait bien vu sans doute que tout en la regardant depuis un bon moment je me tripotais par la poche de mon pantalon. Sa main nue remontait légèrement près de moi, sans vraiment me toucher. Il est presque impossible de dire qu'elle s'appuya, mais déjà elle me tenait à travers l'étoffe. Il y a dans la masturbation un principe d'avidité. J'ai envie alors de demander, d'obtenir davantage, même si cela est hors de question, et je goûte le plaisir qui vient comme une abominable dévastation qui ne se pourra plus réparer. J'ai gardé de cette main un souvenir de violence : il faut dire que placé comme j'étais ma voisine, de cette main-là, n'avait pas facile à me branler. Dans cette fausse position j'attendais plutôt un frôlement, j'allais dire une caresse. Eh bien pas du tout, la main m'avait saisi la pine avec une force surprenante qui dénotait un exercice étrange et coutumier, une articulation forcée par la gymnastique, des muscles développés par une pratique singulière. Cela semblera bien peu, mais cette image que je garde d'une femme dont le linge m'apparaissait dramatique sur les seins devinés flétris, debout dans les secondes du métro aérien, par un triste matin sans couleur, est liée à un frémissement extraordinaire qui l'agita, la bouche soudain ouverte et les dents de louve desserrées, avec une expression de petite enfant qui s'est fait mal, à tel point que je ne compris pas comment elle n'avait pas crié, au moment précis où nous nous enfonçâmes dans la terre entre Sèvres-Lecourbe et Pasteur. Je ne jouis qu'un peu plus tard. Un peu plus profondément. »

Louis Aragon, *La Défense de l'Infini*,
© Éditions Gallimard

« À Drouot, nous eûmes bientôt nos habitudes. Laurence s'enfermait dans les toilettes "femmes" dix bonnes minutes, et elle commençait à se caresser debout, jambes écartées au-dessus du siège des W.-C., où elle venait de pisser comme un homme, position qui l'excitait, et s'étant enduit la fente d'un peu de lait condensé, dont elle avait toujours un tube sur elle à cette seule intention, elle se mouillait l'index de la langue, elle se massait doucement les lèvres closes, le lait finissait par pénétrer, le doigt suivait. Un soir, au théâtre, pendant l'entracte, elle m'avait raconté tout cela. Elle n'allait jamais directement au trou, qui se fût sans doute ouvert de lui-même si peu qu'elle l'eût taquiné, elle arrivait toujours à lui du haut des lèvres, descendant, si l'on peut dire, de l'index enduit de lait condensé, la délicate cloison, lisse et si doucement tiède, qui allait du haut de la motte au trou. Quand elle y arrivait, et qu'elle sentait l'entrée du trou palpiter un tout petit peu sous le doigt, elle enduisait brusquement le trou d'une bonne giclée de lait, s'aidant des deux longs doigts de la main gauche pour écarter tout à fait les lèvres, et tout excitée à l'idée que ce qu'elle faisait était très mal et qu'une intruse, forçant la porte mal fermée, pourrait la surprendre, elle enfonçait l'index et le majeur réunis dans le trou. Elle ne revenait pas vers le haut de la fente, elle ne touchait pas le clitoris, elle attendait pour ça que je l'eusse rejointe, elle faisait aller et venir ses doigts dans le trou, elle s'amusait à contracter les fesses, elle se demandait, m'avoua-t-elle un jour, ce que sentait un homme quand il sentait avec sa queue ce qu'elle sentait avec ses doigts.

Je regardais ma montre. Elle m'avait donné dix minutes. Sitôt ce délai achevé, je passais discrètement dans les toilettes "femmes", frappais deux petits coups à la cabine du fond, elle ouvrait. Elle était prête. Je m'adossais au mur, les pieds un peu en avant, sortais ma queue. Elle s'asseyait sur l'abattant des toilettes, se renversait contre le réservoir de la chasse d'eau, la jupe à la taille, écartant largement les cuisses pour que je voie bien. Quelquefois, elle soulevait même les pieds du sol, prenant appui de la nuque contre le réservoir, se figeait ainsi, une grenouille renversée. À la voir comme ça, je bandais immédiatement. Je crachais dans ma main et commençais à me branler. Elle avait peut-être déjà eu un orgasme, mais maintenant que j'étais là, elle se contentait de faire aller et venir doucement le majeur de la main gauche dans la fente, et du bout des deux longs doigts de la main droite, elle se frottait le bouton. Je fixais cet endroit de son corps et le mouvement de ses mains. Je me branlais lentement, puis fort, puis très fort, et Laurence, qui me surveillait de ses yeux aigus, épousait mon rythme. »

PIERRE BOURGEADE, *Éros mécanique*,
© Éditions Gallimard

« Je me trouvais maintenant dans un salon modeste. Mes yeux s'habituèrent à l'obscurité et j'aperçus canapés et fauteuils disparates, étagères fabriquées de briques et de planches et bourrées de livres de poche, et un couloir à angle droit juste en face de moi. Un bruit étrange venait du fond de ce couloir et j'eus des fourmis dans tout le corps à la pensée d'un chien de garde. Je sortis ma pince et avançai dans le couloir jusqu'à une porte ouverte sur une lumière de bougie : je compris immédiatement que j'entendais les bruits de deux personnes en train de faire l'amour.

Entrelacés sur le lit, un homme et une femme, le corps couvert de sueur, remuaient comme deux serpents, en contrepoint l'un de l'autre : lui allait toujours de l'avant, inlassable, à descendre et remonter, sortir et repénétrer ; elle bougeait les hanches latéralement, s'écartant un peu plus à chaque poussée de ses jambes nouées sur les reins de son partenaire. Une bougie posée sur une étagère œuvrait de conserve avec une douce brise en provenance de la fenêtre ouverte et envoyait de longues langues de lumière vacillantes à travers l'obscurité, une danse de flamme dont la pointe se terminait à la jonction des corps des deux amants.

Leurs gémissements se firent plus forts, puis s'apaisèrent pour se transformer en hoquets haletés qui parlaient presque. Je contemplai la lueur de la bougie qui illuminait cette part de lui qui était en elle. À chaque vacillement, le point où ils s'unissaient se faisait plus beau, d'une beauté de ruisseau toujours plus explicite. Je rivai mon regard sur eux, transfiguré, oublieux du risque que je prenais. Je ne sais pas combien de temps je restai là, mais au bout d'un moment je commençai à anticiper les mouvements des amants, avant de me mettre à bouger à leur unisson, en silence, à distance, une distance qui me parut intime malgré leur éloignement. Leurs hanches montaient puis retombaient ; les miennes également, en parfaite synchronisation, frôlant un espace vide animé de vie en devenir, comme empli de choses en croissance. Leurs gémissements n'en firent bientôt plus qu'un seul, qui grandissait, atteignant au point où l'apaisement ne serait plus jamais possible. Je me surpris sur le point de crier avec eux, avant de me mordre la langue lorsque Super Saigneur m'adressa un signe de rappel à la prudence professionnelle. À cet instant, mon être tout entier fusa dans mon bas-ventre, et nous jouîmes ensemble, les deux amants et moi.

Ils restèrent là, allongés, haletants, se serrant l'un l'autre avec violence ; je me collai le dos au mur comme pour y entrer tout entier et contenir les ondes de choc résiduelles de mon explosion. Je poussais de plus en plus fort, au point que je crus briser ma colonne vertébrale ; j'entendis alors des murmures, et une voix radiophonique emplit la chambre. Un journaliste à la voix ténébreuse disait que Robert Kennedy était mort. »

JAMES ELLROY, *Un tueur sur la route*,
© Éditions Rivages, 1989

« Je jouis toujours sur les yeux la bouche c'est rare carrément les seins ou le sexe ou le tout et le premier couple et celles qu'il m'avait passées les photos d'amateur la fille qui léchait l'autre celle qui suçait le type elle avait juste le bout en bouche elle tirait la peau du prépuce celle qui se faisait enculer qui était toute congestionnée et qui avait les doigts dans le con d'une autre en même temps jésus la première fois que j'ai vu ça celles sur les positions avec le type péquenot et la vendeuse de grand magasin avec les sexes dans l'ombre mais à l'époque celle où il lui lèche le cul ce qui est amusant c'est de voir je pense que je l'ai donné un faux bouquin historique sur l'Inquisition il n'y avait que des descriptions de tortures de filles sublimes à qui on arrachait la peau des fesses en les frottant à la brosse il y avait un concours je me souviens à celui qui ferait le plus mal on leur enfonçait aussi des épingles dans les seins des centaines mais on ne les violait jamais c'était censé être des tortures uniquement pour les faire avouer historique en fait on ne parle jamais du sexe lui-même les fesses les seins c'est tout parce que c'est tendu et fragile les dessins pour ça c'est mieux les dessins mille neuf cent vingt où il y en a une qui fouette l'autre attachée dans des positions incroyables il leur fait des têtes fantastiques ça c'est bien et la série de photos où les deux filles draguent des Noirs on commence dans une boîte ils dansent ils flirtent ils vont chez elles ils commencent à les déshabiller ils les baisent elles sont assises sur eux face à l'objectif on voit les queues dedans elles s'ouvrent comme des folles et la dernière photo il y en a une qui a du sperme qui lui coule de la bouche et toute la série avec les mêmes les quatre où la fille tout habillée se met le type à poil assis sur une chaise celle où la fille lèche en même temps le con de sa copine et la queue du type qui la fout elle tient la queue elle doit aussi le branler celle où le type en suce une sur lui pendant qu'elle le suce et que sa copine le branle celle où elles sont deux à le sucer une le gland l'autre la verge celle où la fille est assise sur le mec et suce l'autre et la même presque où elle est renversée sur ses genoux la tête en bas toute rouge et suce le type qui est à genoux à côté de la chaise les seins qui lui sortent du soutien-gorge celle où il y en a une toute jeune quinze seize ans qui s'en met deux en même temps dans la bouche celle où elle est allongée on vient juste de lui jouir sur les seins elle tire la langue on voit les flaques de sperme elle a un soutien-gorge je me demande quelles filles posent pour ça ça ne peut pas être toutes des putes parfois il y en a qui ont vraiment des visages bien je me demande s'il y a des filles comme ça des étudiantes etc. qui font ça pour se faire un peu de fric peut-être des filles tout à fait bien dans la vie. »

MARC CHOLODENKO, *Le Roi des fées*,
© Christian Bourgois Éditeur

6

Du plaisir de la fellation

« Ouvre la porte au premier coup de sonnette malgré l'heure tardive. Ne pose pas une seule question. Un peu alanguie au début, mais chaude par en dessous. Comme il faut. Chair de langouste. Nue. En robe de chambre à pois. Referme elle-même la porte sur nous rapidement et se bourre contre moi. Du haut en bas. Contre mes cuisses. Moulée. Bien à la hauteur de mon sexe, un pan du peignoir écarté pour que je sente mieux la proéminence à travers l'épaisseur de mon pantalon. L'érection me vient en droite ligne du cervelet, ou je ne m'y connais pas. Elle murmure quelque chose d'indistinct. Bafouille. Commence à me mouiller l'oreille de salive. En déroute. Broute. Racle ses ongles longs sur ma nuque. Glisse ses deux mains sur mes épaules. Dans le dos. Descend progressivement. Traîne. Sur les reins. Sur les fesses. Elle me pelote les cuisses, en pinçant, prend la chair sous l'étoffe, à poignée. Arrive enfin à destination sans se presser. Sûre d'elle-même. S'y introduit. Deux doigts d'abord.

La main entière. Cherche. Éprouve quelques menues difficultés à me le sortir par l'ouverture du slip. Et s'effondre. À genoux. D'un bloc. Là. Sur le carrelage rouge et noir du vestibule. À côté du porte-parapluies en cuivre bien astiqué. Rutilant. Elle me branle en douceur l'espace d'une seconde. Le tient ensuite sous ses yeux. Silencieuse. Médusée. L'examine de près comme une curiosité d'antiquaire. Lui parle. Incompréhensible. Toujours dans son hollandais natal. Pose brusquement sur la petite fente deux ou trois baisers vifs, primesautiers. L'écarte. Y glisse l'extrême pointe de sa langue. L'appuie. Elle va aussi chercher les couilles qui sont restées en arrière. Les tient si légèrement dans le creux de sa paume, comme si on venait de lui confier un oisillon frileux. Presse les deux boules entre ses doigts, pour les distinguer. Les soupèse. Griffe doucement la peau qui durcit. Mord au fil des dents. Coupure de velours. Passe sa langue humide. Chaude. Dessus et autour et dans la ligne creuse de la jointure des cuisses, de chaque côté. Fait même une tentative pour pousser plus avant. Les vêtements la gênent. Sursaute. Traversée par un spasme de tout le corps. Émet un son rauque. Du fond de la gorge. Et, comme n'y tenant plus, possédée, elle happe ce sexe de sa bouche grande ouverte. Se l'enfonce aussi loin qu'elle peut. C'est la moiteur de la grotte marécageuse. Je sens distinctement le fond de son palais. La chute de la voûte, et quelque chose comme une limace qui remue au bout. Elle le garde. Empaqueté. Gloutonne. De ma hauteur je ne vois que la ventouse charnue de ses lèvres arrondies autour de ce qui reste de sexe qu'elle n'a pu engloutir. Elle a les yeux fermés. J'avance un peu. J'entre. Un centimètre à peine. Elle me remercie de cette heureuse initiative par un grognement de reconnaissance. Et puis, je ne sais comment elle fait aller sa langue en spirales lentes, comment elle s'y prend pour me déchirer à l'intérieur du canal, comment elle actionne ses joues à la façon d'une poire de caoutchouc, la salive s'accumule, mousse, bouillon houleux, je tangue sur mes pieds, bascule au-dessus du vide des grands sommets nerveux, je me rattrape à ses cheveux du bout des doigts, c'est un mal lancinant, une flèche glacée qui me transperce, le sperme se déclenche, loin, du fond du puits artésien noirâtre où un nid de scorpions en débandade piquent au hasard autour d'eux, lumières rose bonbon d'une grande ville renversée comme une coupe de champagne sous le séisme imprévisible, picotements dans les yeux, dans les nerfs, les nervures, les ramures, les branchages secondaires, fusées flashs d'illuminations planétaires, le sol voltige, vacille. Un. Deux. Trois coups de bélier ensoleillés sur la masse de la rétine. L'éjaculation arrive comme une vague. De partout à la fois. Afflue. Des jambes. De derrière les genoux. Des dents. Des tempes. Du cœur. De la pointe du menton. Cyclone pinéal avec broderies sonores de marteaux-pilons, de cymbales et de cuivres stridents, et je lui lâche dans le gosier sans pouvoir me réprimer une de ces longues décharges condensées, onctueuses, qui entraînent avec elles des débris de cervelle. Campo ! Elle avale tout et se pourlèche. Je lui retire le jouet des mains. Elle me suit sur les genoux. Rampant. Nous passons dans la pièce à côté, la chambre, où je me laisse tomber sur le lit, abattu, avachi. Elle continue d'avaler coup sur coup. L'arôme javellisé de mon foutre, très probablement. Ses traits sont contractés, décomposés de plaisir, de désir, de vice. Comme si son con lui-même lui servait un instant de visage. Expressif au possible, d'ailleurs. »

Louis Calaferte, *Septentrion,*
© Éditions Denoël

« J'avais quarante-deux ans. Elle quarante-cinq. Merveilleusement conservée. Aujourd'hui que j'écris ceci, et qu'elle approche de soixante-dix, à peine en paraît-elle soixante.

Les petites visites de six à sept continuèrent donc, avec quelque chose de plus intime, et des déjeuners de temps en temps chez elle, avec son mari. J'ai les façons que j'ai en amour. Un soir, seuls dans mon bureau, la tenant dans mes bras, je lui mis dans la main... Je revois son visage presque pâmé : "C'est bon ! c'est bon !" en prenant amoureusement l'objet.

Le personnel était parti. Nous nous tenions dans l'entrée de mon bureau, debout contre la porte fermée, attitude de sécurité. Elle se mettait à genoux, me déboutonnait, et sans quitter son chapeau, aussi gourmande qu'habile, me... Le résultat délicieux n'était pas long. Je me rappelle combien, la première fois, j'avais un peu de gêne, que j'exprimai, de cette caresse. "Eh ! bien, quoi ? Ce n'est pas bon ? Je ne suis pas une bonne cochonne ?" Comme j'exprimais d'un mot ou deux que cochonne était bien modeste : "Je ne suis pas une bonne salope ?" Je la couvrais de baisers, tant je la trouvais délicieuse. »

Paul Léautaud, *Le Petit Ouvrage inachevé*,
© Arléa, 1987

« Tu es dans la rue, en grande banlieue, tu rentres chez toi, l'hiver, à sept heures, le soir. Tes parents dans un pavillon, un peu à l'écart. Je suis noraf, vingt-sept ans, débordant de vie, des hanches bien marquées, la démarche assurée, le futal collant, vachement, comme en ont les gars aujourd'hui, et pas ces trucs affreux où tout se perd. Tu te retournes. Tu regardes, en bas, au milieu. L'eau te vient partout. Mais, tu as peur. Tu allonges le pas, lui aussi. Et ça dure... Tu ralentis, c'est comme une force qui te retient, un gros élastique qui te rattache à lui. Et l'eau te vient toujours. Tu n'entends plus rien. Tu crains qu'il n'ait pris une rue transversale. Alors, il ne te suivait pas ?... Tu te retournes. Il est là. Il attend. Il t'attend. Tu repars. Il a plu sous toi, une pluie grasse, un peu comme ce brouillard des banlieues qui s'accroche au pare-brise des voitures, avec des glaires brunes que l'essuie-glace promène de droite à gauche. Il bruine sous lui. Tu te retournes. Il a sa main droite en son mitan, ça t'intéresse, mais tu es trop loin et tu ralentis.

Tu dépasses, sur la gauche, un W-C public. Tu penses aux wagons-lits... Wagons-Culs... Une odeur aigre te gifle au passage, une odeur publique qui te lève le cœur et qui te pénètre jusqu'au fond de ta tête. Il traverse la rue et disparaît derrière les montants de fer. Tu t'arrêtes, te retournes à nouveau et tu regardes au-dessous... Ses pieds sont écartés. Quelqu'un passe : une vieille femme, pressée, qui regarde... Tu marches, vaguement, en te retournant encore... Il n'est pas sorti. Tu traverses et te trouves du même côté que lui, enfermé depuis au moins dix minutes dans "sa" cabane...

Tu reviens et tu trembles. Quelque chose te pousse, te pousse... Une auto passe, en trombe : les flics. Elle se perd déjà au fond de la rue, là-bas, au carrefour, avec le crissement des freins. Tu n'as pas peur. Tu arrives. Il est toujours là, écarté. Tu entres. Il a des cheveux longs, yeux verts. Il sent la sueur. Il te regarde. Il a la main habitée, grassement. Il te dit que tu es une putain, sa putain et que tu vas travailler pour lui et que pour te récompenser, il t'agenouillera, comme ça, dans les flaques publiques. Alors, il te prend par les cheveux, ça te fait mal et c'est bon. Tu es au bas de lui : il te rentre dans la gorge. Il coule, longtemps, en te tenant bien la tête avec ses mains. Il faut que tu lui sois bien ajustée... Il donne des coups de reins et parle arabe. Tu ne sais pas comment on dit "putain" en arabe ? Lui, oui... Ç'est ça, l'eucharistie de la rue ! Ce goût de poivre fade, tu le garderas longtemps dans la nuit, dans ton petit lit que ta maman t'a fait, ce matin. Et tu as quinze ans. Il n'y a pas de vierges de la gorge. Tu t'endors, la main dans ton milieu, sur ta culotte maculée que tu as gardée comme une preuve de ta majorité de banlieue... »

LÉO FERRÉ, « Alma Matrix » in *La Mauvaise Graine*,
© Édition°1

Si c'est comme ça qu'il nous aime.
Entièrement enconnées, que leur rut nous prive de parole.
Et de préférence à genoux.
Comme devant le Saint-Père le pape, comme s'il s'agissait d'un Saint Sacrement.
Décharger comme une chevrotine. Tuer la femme. La rendre bouche bée, bouche d'égout.
Si ça leur fait tant plaisir que ça.
On finit bien par y trouver notre compte. On sait faire pour le mieux.
Reine des pipes ! À chacun son petit lopin de fierté. On met sa Majesté où on peut.
C'est pas si difficile.
Et ça nous fait plaisir ce couronnement abject et grotesque.
Ils tirent sur les cheveux et nous relèvent la tête, pour bien nous voir comme ça avec leur queue qui nous cogne la cervelle et la bouche comme un O.
Et qu'on les regarde nous aussi, qu'on accepte que c'est ainsi qu'ils nous préfèrent. Sauf qu'on ne sait jamais vraiment y faire.

Comme un garçon.
Mais on s'y fait. On peut même y prendre goût : ça n'en a pas et ça a la consistance du crachat.
Qu'ils se la tiennent comme un ostensoir. Comme s'il n'y en avait pas une autre comme ça, de bite aussi juteuse, qu'il faille pas en perdre une goutte.
Tant qu'à faire le sperme, faut l'avaler d'un coup.
Comme les boulimiques.
Comme un truc à vomir.
Plus tard, avec deux doigts dans la gorge, agenouillée au-dessus de la cuvette des W-C.
Décidément l'agenouillement n'augure rien de bon.
Ce n'est pas une pénitence, c'est une flagellation maximale.
Toute honte bue, avaler des kilomètres de bites, des litres de sperme.
Sucer c'est pas aimer. Ni soi, ni l'autre.
C'est une relation de pouvoir.
C'est accepter d'être bâillonnée, car dans le fond ce dont ils ont le plus peur, c'est de notre parole. Ils ont terriblement peur qu'on dise les choses et de ne pas savoir quoi répondre.
Alors il faut être gentille, les rassurer un peu puisqu'ils sont si peu sûrs d'eux-mêmes.
Et avec cette manière qu'on a nous de renverser les choses pour leur faire signifier l'inverse.
Te sucer, moi ça me prend dix minutes. Toi tu suffoques, tu crois que je te prends ta vie. Tu deviens faible. Et moi je garde la tête froide.

J'aime te voir haleter d'un regard impavide. Comme tu glisses, comme tu ne peux plus résister.
Je suis experte. Je peux ne faire de toi qu'une bouchée.

« Elle se serait avancée lentement, elle aurait ouvert ses lèvres et, d'un seul coup, elle aurait pris dans son entier son extrémité douce et lisse. Elle aurait fermé les lèvres sur l'ourlet qui en marque la naissance. Sa bouche en aurait été pleine. La douceur en est telle que des larmes lui viennent aux yeux. Je vois que rien n'égale en puissance cette douceur sinon l'interdit formel d'y porter atteinte. Interdite. Elle ne peut pas la prendre davantage qu'en la caressant avec précaution de sa langue entre ses dents. Je vois cela : que ce que d'ordinaire on a dans l'esprit elle l'a dans la bouche en cette chose grossière et brutale. Elle la dévore en esprit, elle s'en nourrit, s'en rassasie en esprit. Tandis que le crime est dans sa bouche, elle ne peut se permettre que de la mener, de la guider à la jouissance, les dents prêtes. De ses mains elle l'aide à venir, à revenir. Mais elle paraît ne plus savoir revenir. L'homme crie. Les mains agrippées aux cheveux de la femme il essaye de l'arracher de cet endroit mais il n'en a plus la force et elle, elle ne veut pas laisser. »

MARGUERITE DURAS, *L'Homme assis dans le couloir*,
© Éditions de Minuit

« Le concept lui plaisait beaucoup. Cette fois encore, l'idée a fait son chemin et il est venu se mettre face à moi parce qu'elle commençait à gonfler. Ce garçon était fait pour bander, se faire sucer comme s'il était le dernier homme sur terre et qu'il mérite tous les hommages. Je suis descendue du canapé pour faire ça correctement et avant que ça commence vraiment il a rejeté la tête en arrière, large sourire :

— Quand je pense au mal que la Reine-Mère se donnait pour comprendre ce que t'avais dans le sac... Elle pouvait s'agiter, la vieille, elle avait peu de chance de mettre la balle au fond.

Rire de gorge, rire d'homme, main sur les hanches. Je pouvais le sucer pendant des heures, j'étais bouleversée à chaque fois, l'émotion intacte, qu'il soit dur dans ma bouche et que ça lui fasse autant de bien.

Je me découvrais le bas-ventre capable de grandes émotions, lui dedans moi, j'avais été conçue pour ça, balbutier, me cambrer et me faire défoncer.

Ça n'avait rien d'érotique ni d'évanescent, aucun tripotage raffiné là-dedans, pas d'attente éreintante, pas de choses du bout des doigts. Que du poids lourd, du qui-s'enfonce-jusqu'à-la-garde et les couilles viennent cogner entre-jambes, foutre giclant pleine face, seins malmenés pour qu'il se branle entre, se faire coller au mur. De la chevauchée rude, je me désensevelissais les sens au karsher, j'étais très loin de ce qui est doux.

La gestuelle avait un caractère sacré, l'ardeur barbare des histoires de viande crue, il y avait dans ces choses une notion d'urgence, de soulagement final, qui en faisait un emportement mystique et radical : l'essence même de moi, il l'extirpait. L'essentiel de moi lui revenait. »

Virginie Despentes, *Les Chiennes savantes*,
© Éditions Grasset et Fasquelle

7

Du plaisir et des vierges

Le rêve de la jeune fille c'est de ne plus l'être, celui de l'homme qu'elle ait une mémoire de putain.
Que c'est sa destination ancestrale et fatale : son Inné.
Le fantasme de la jeune fille, c'est celui de la profanation.
Personne n'aspire à la pureté.
La pureté c'est augmenter à son degré extrême la pirouette du vice.
C'est en tant que jeune fille que le sentiment d'opprobre de soi-même peut atteindre son maximum.
L'hymen est une tentative d'infibulation complètement ratée.

« Je lui ai demandé si elle avait déjà caressé un garçon oui jusqu'au bout oui en fait je me suis rendu compte qu'elle n'avait certainement jamais touché à ça avant moi mais elle s'en est pas mal tirée c'est amusant de se faire branler par une vierge c'est un petit peu mécanique mais c'est l'idée qui est excitante je ne la regardais pas pour ne pas la gêner c'est marrant elles savent tout de suite comment faire quand même jusqu'au bout j'étais assez content de mon jusqu'au bout elle ne savait même peut-être pas qu'on éjacule c'était bien comme ça n'était pas très excitant je m'excitais en lui parlant je lui disais c'est bien c'est bien encore oh encore fais-le-moi bien ah je vais jouir fais-moi jouir c'est ça qui est amusant lui donner une image de toi tout autre que celle qu'elle attendait parce qu'en fait à la fin c'est elle qui fait tout et toi tu ne l'as même pas fait jouir ou plutôt j'entre je la braque je la mets contre un mur je la déboutonne sur le devant je prends ses seins sous son soutien-gorge sans l'enlever juste en le relevant au-dessus des seins je les presse je les pince et petit à petit je les caresse vraiment bien elle se met à soupirer et elle pose les mains sur ma main elle l'appuie sur ses seins en l'accompagnant je m'arrête je soulève sa jupe toujours d'une main de l'autre je tiens toujours le flingue je passe la main par la jambe de son slip je lui dis de bien écarter les jambes et je lui mets deux doigts tout de suite le plus loin possible j'y vais très fort très durement au début ça lui fait mal et puis après elle commence à gémir à balancer la tête de côté en pliant un peu les genoux quand je monte et en se relevant quand je descends pour bien accentuer le mouvement je prends le bas de sa jupe je le relève et je le coince dans sa ceinture je déboutonne ma braguette je sors mon sexe je tire sur la jambe du slip pour bien dégager sa fente et je lui dis de me le mettre avec deux doigts elle s'écarte bien les lèvres et avec l'autre main elle me prend et m'enfonce tout de suite elle jouit elle veut me prendre à bras-le-corps mais je la repousse en mettant le canon du flingue sur son cou elle jouit de plus en plus fort c'est elle qui bouge en me tenant fort à la base pour que je ne sorte pas elle fait un trop grand mouvement je sors elle veut me mettre je recule elle dit si si encore je lui donne un coup de crosse sur le poignet elle lâche prise alors elle enlève son slip elle me tourne le dos se met à genoux pose le front contre la plinthe et s'écarte la raie des deux mains je la pénètre d'un seul coup tellement elle est excitée à chacun de mes coups de reins elle crie et son front cogne contre le mur je sens que je vais jouir je me retire je l'attrape par les cheveux elle a tout de suite compris ce que je voulais mais le temps qu'elle se retourne qu'elle m'attrape la verge et qu'elle avance la bouche à l'aveuglette elle a les cheveux dans les yeux et ça se passe si rapidement j'ai commencé à jouir la première giclée lui arrive sur la joue mais elle la trouve elle la prend se l'enfonce à s'étouffer je lui jouis presque dans la gorge elle a un hoquet à chaque giclée comme si elle allait vomir elle glisse par terre et reste comme évanouie les deux mains plaquées sur le sexe. »

Marc Cholodenko, Le Roi des fées,
© Christian Bourgois Éditeur

« Mme de Saint-Ange. — Encore un moment de patience. Que l'éducation de cette chère fille nous occupe seule !... Il est si doux de la former !

DOLMANCÉ. — Eh bien ! tu le vois, Eugénie, après une pollution plus ou moins longue, les glandes séminales se gonflent et finissent par exhaler une liqueur dont l'écoulement plonge la femme dans le transport le plus délicieux. Cela s'appelle *décharger*. Quand ta bonne amie le voudra, je te ferai voir de quelle manière plus énergique et plus impérieuse cette même opération se fait dans les hommes.

Mme DE SAINT-ANGE. — Attends, Eugénie, je vais maintenant t'apprendre une nouvelle manière de plonger une femme dans la plus extrême volupté. Écarte bien tes cuisses... Dolmancé, vous voyez que, de la façon dont je la place, son cul vous reste ! Gamahuchez-le-lui pendant que son con va l'être par ma langue, et faisons-la pâmer entre nous ainsi trois ou quatre fois de suite, s'il se peut. Ta motte est charmante, Eugénie. Que j'aime à baiser ce petit poil follet !... Ton clitoris, que je vois mieux maintenant, est peu formé, mais bien sensible... Comme tu frétilles !... Laisse-moi t'écarter... Ah ! tu es bien sûrement vierge !... Dis-moi l'effet que tu vas éprouver dès que nos langues vont s'introduire, à la fois, dans tes deux ouvertures. (*On exécute.*)

EUGÉNIE. — Ah ! ma chère, c'est délicieux, c'est une sensation impossible à peindre ! Il me serait bien difficile de dire laquelle de vos deux langues me plonge mieux dans le délire.

DOLMANCÉ. — Par l'attitude où je me place, mon

vit est très près de vos mains, madame ; daignez le branler, je vous prie, pendant que je suce ce cul divin. Enfoncez davantage votre langue, madame ; ne vous en tenez pas à lui sucer le clitoris ; faites pénétrer cette langue voluptueuse jusque dans la matrice : c'est la meilleure façon de hâter l'éjaculation de son foutre.

Eugénie, *se raidissant*. — Ah ! je n'en peux plus, je me meurs ! Ne m'abandonnez pas, mes amis, je suis prête à m'évanouir !... (*Elle décharge au milieu de ses deux instituteurs*.) »

Marquis de Sade, *La Philosophie dans le boudoir*, 10/18

« J'ai décidé de dépuceler Léa, non que je brigue le trophée de l'hymen. Mais je ne supporte plus l'interdit de l'éperonner en vulve, là où le sperme féconde et engendre le temps, rénove la chaîne des êtres. Je veux rentrer dans l'estuaire de vie et branler sa belle matrice nègre. J'ai assez honoré l'ubac de son cul, je navigue vers l'adret, l'aventure de soleil.

Elle m'embrasse aujourd'hui avec une frénésie singulière après avoir égrené les différents malheurs de la semaine. Brimades de sa mère, travaux de ménage s'ajoutant aux devoirs du lycée. Son petit côté Gervaise et Cosette m'émeut toujours. Je l'écoute, je conseille la patience. Elle insinue qu'elle veut vivre avec moi, m'épouser. Elle ne manque pas d'aplomb. Tous les matins je l'emmènerais à son lycée, crochée à mon bras ! Les copines en seraient babas. La mère sciée à la base. Je lui explique

que ce n'est pas possible, que je serais un mari insupportable, qu'elle souffrirait de mes caprices et peut-être de mon inconstance. Elle boude un peu. Puis oublie, m'étreint derechef et me fouille la bouche. Aujourd'hui elle est trempée d'odeurs de poivre, un musc la vernit. Jamais m'ont fait autant bander les boutons de ses seins tout noirs, intumescents, comme piqués par un dard de frelon. Et son ventre se bombe dur de muscles, se dore entre les hanches sombres. Le poil frise, déborde, grouille d'odeur et d'énergie vitale. Je m'approche du sexe. Elle se braque, refuse. Je l'embrasse, la caresse, lui prodigue le massage pubien qui l'excite, imprimant d'obliques secousses au clitoris. Elle me regarde tout à coup, attrape mon membre et le dirige vers sa vulve. Elle en effleure ses lèvres de cendre noire. Puis le relâche, hésite. Je m'avance, me plante lentement dans l'orifice. Le gland entre sans difficulté. Léa tremble, attend, semble écouter un bruit d'abîme. Je continue. Je m'enfonce, rencontre une trouble sensation de mailles, d'obstacle creux et lent. Presque rien, pression légère, sorte de flou enveloppant le membre. J'atteins le bout. Et moi aussi je tremble et suis ému, enfilé dans ce corps dont le bronze brutal soudain semble briller. La belle chair se crispe, serre ses molécules sous ma chair. J'ai envie d'éjaculer dans tant de frissonnante dureté. Sous ma main droite je sens les deux fesses opaques et gonflées. Et là je suis au fond, je brûle, j'irradie. La terre bouge sous mon soc. Grande charrue de limon. Le grand corps d'obsidienne respire autour de l'arbre qui frémit, tu es belle Léa. Je t'aime en ce moment. Tu n'as pas gémi. Tu écoutes toujours et te tais. Tu n'as pas versé de larmes. Tu m'as serré la nuque de tes deux mains. Je me retire et pose mon dard sur ta cuisse. Alors, tu me surprends d'une parole énorme :

— Je veux rester vierge !... Je veux rester vierge !

Tu répètes la phrase avec insistance, une plainte têtue, puérile, un prodigieux déni des faits. »

Patrick Grainville, *Le Paradis des orages*,
© Éditions du Seuil, 1986

8

Du plaisir et des putes

Faut se méfier des hommes qui disent qu'ils aiment les putes.
Leur amour c'est qu'on les prenne en charge.
Et de payer pour qu'ils déchargent sans s'occuper de nous.
L'argent compensant à peine le déficit de sensation. Car enfin donner du plaisir, ce n'est pas en prendre. Il y faut de l'abnégation.
Ce n'est pas qu'une affaire de sexe, voyez ce zèle maternel qui fait de la putain la mère incestueuse, celle qui s'occupe enfin d'eux comme ils en rêvaient depuis qu'ils sont devenus grands. La voilà la déesse matrone, celle qui sait, qui prend en main, qui œuvre. Celle devant laquelle l'homme enfin peut se laisser aller à être tout petit.

« "Il y a des filles, tout ce qu'elles touchent se transforme en fontaines... Je suis née avec un don, c'est de faire jaillir la sève. Même en automne, les feuilles repoussent. C'est le printemps toute l'année...

Vous n'avez pas de problème cardiaque ? J'ai toujours peur des cœurs qui lâchent. Allez venez Monsieur, encore un petit effort et on est arrivés. Là-haut j'ai des gâteaux, on va se faire un goûter. Bon eh bien pour commencer moi je vais faire un gros pipi. Vous n'êtes pas sourd ? Vous vous installez, moi je vais faire pipi. Bien sûr qu'il entend ! Il entend parfaitement ! Allez venez, je vous emmène. Je sais que c'est pas très convenable, mais je vous emmène quand même. C'est une faveur, vous savez... Faites voir votre portefeuille avant que je m'exécute. Combien vous me donnez pour ma pudeur perdue ? 1000 ? 2000 ? Vous me donnez des images, moi je vous fais de la musique. Marie, je m'appelle. *(Elle pisse.)* Vous vous souviendrez ? Marie. J'ai un défaut. J'suis un petit peu cochonne"... »

[...]

« "La prochaine fois on fera l'amour. Et sois bien prudent en descendant. Va pas nous faire une chute ? Vous voyez pas ça, qu'il me pète un fémur... Moi je vous aime bien, les vieux. C'est du travail mais je vous aime bien. C'est vrai que c'est émouvant, un homme qu'a sa vie derrière lui, toutes ses amours enfuies, qui pense plus qu'à mourir... Vous l'installez dans un fauteuil, vous prenez quelques poses, jolies postures, deux-trois paroles coquines glissées dans le fond de l'oreille et hop-là, dans votre main y'a un oiseau qui se réveille, oui, eh bien dis donc il ne se réveille pas...

— oui mais je suis âgé...
— oui mais ça fait une heure.
— une heure que quoi ?

— une heure que je t'émoustille. C'est vexant je te signale." »

Bertrand Blier, *Mon Homme*, avec Anouk Grinberg, Jacques François, Michel Galabru
© Bertrand Blier

« Beaucoup fait l'amour ces derniers mois, uniquement avec des putains et Élisabeth, tantôt ensemble, tantôt moi seul.

L'argent donné, l'argent reçu, conditions nécessaires pour faire de deux amants des *partenaires* : Littré : I° *Associé avec lequel on joue. Vous serez mon partenaire.* II° *Personne avec qui l'on danse. Choisir son partenaire, sa partenaire.* Non, l'accent ne doit pas être mis sur l'association, mais sur le jeu. L'argent donné, l'argent reçu, formellement et non par le biais de promesses fallacieuses, d'espérances astucieusement encouragées comme il arrive toujours quand il y a "inégalité de condition", l'argent formellement donné, formellement reçu, crée l'une des conditions nécessaires à tout jeu : l'égalité des partenaires ou adversaires tout le temps que dure la partie. (Du jeu et du théâtre : toute partie est une action dramatique et inversement. Tout jeu est une action dramatique dont on est simultanément l'acteur et le spectateur : d'où cette délicieuse séparation de soi d'avec soi-même, etc., cf. le paradoxe du comédien.)

Une autre condition nécessaire est probablement de ne pas tricher. Mais il est également délicieux de surveiller son partenaire et soi-même quand on est sur la limite de se laisser aller à tricher. D'autant plus ou d'autant moins que le jeu d'amour avec les putains n'a que des règles implicites...

Meillonnas, 4 juillet
... Avec Rolande de l'Étoile. Elle est malingre, bras et jambes de garçonnet, omoplates creuses, côtes saillantes. Dès la deuxième fois, le jeu se simplifia à l'extrême, étendus côte à côte, bouche à bouche puis yeux à yeux, caresses réciproques de la main ; le col de l'utérus vivant et le museau de tanche sous le doigt, asymétrique, s'ouvrant et se refermant comme le museau d'une tanche asphyxiée ; puis je l'embrassais de bouche à con, interrompant pour toucher du doigt le museau de poisson (les tanches que je sortais l'une après l'autre, au ver, d'un trou entre les herbes, dans la mare du pavillon, mes premières pêches en 1917, j'avais sept ans), elle étendue sur moi, la joue contre mon sexe, je lui demandais de ne pas s'occuper de moi, craignant d'en finir trop vite. Le goût enfantin de son foutre. Puis, brusquement, elle dégageait, se couchait sur le dos et je la baisais, essayant de retrouver au bout du sexe le museau de tanche, croyant le retrouver, mais c'était peut-être une illusion, le sexe étant moins sensible que le doigt et l'imagination projetant sur le sexe la sensation éprouvée un peu plus tôt par le doigt (inexactement exprimé : ce n'est ni le doigt, ni le sexe qui ressent : sachant que mon sexe touchait, j'éprouvais réellement ou par l'imagination la sensation que j'avais éprouvée quand

mon doigt touchait). Nous nous sommes revus assez fréquemment ces derniers mois. Dès la troisième fois, nous avons échangé des demi-"aveux" comme on dit, ni plus vrais ni plus faux que deux adolescents, et plus pudiques puisque nous n'attendons rien l'un de l'autre, rien que ces *actions* d'amour qui n'engagent ni l'un ni l'autre puisqu'elles sont précédées de cet argent donné et accepté, et dont la répétition peut à chaque instant nous être interdite, elle pouvant à chaque instant disparaître par suite d'un incident de son métier, moi ne pas revenir. Des demi-aveux, plus pudiques que ceux des adolescents, parce que nous n'avons, ni l'un, ni l'autre, rien à y gagner, rien à y perdre, c'est ainsi, un simple mouvement du cœur, elle disant "tu dois plaire aux femmes", "pourquoi ?", "ta manière de regarder, de toucher le con, on devine tout de suite que tu aimes les femmes" ; "quand tu me caresses le con, je suis tout étourdie" ; plus tard : "j'avais joui avant toi" ; et moi, des choses analogues, me félicitant de la simplicité retrouvée, du comble du plaisir dans les baisers de bouche, les yeux dans les yeux, les caresses élémentaires, l'accouplement. Plus tard encore, nous avons pris un verre après l'amour, je parlais de ma voiture et elle de son ancien mari ; nous fîmes le projet de passer toute une journée ensemble hors de Paris. Nous nous séparions à regret. "Ta petite malingre." La dernière rencontre, c'était son anniversaire, elle arriva en retard, elle avait téléphoné et c'était correct, elle s'était attardée à déjeuner à la campagne avec des amis ; le valet pédéraste de l'hôtel lui avait fait porter des fleurs au bar ; les autres filles du bar avaient commandé un dîner et elle craignait de trop boire ; je lui ai fait un cadeau d'argent ; elle était surprise et heureuse ; "tu me feras essayer ta Jaguar" ; nous nous sommes beaucoup embrassés. Nous étions sur le bord de la tricherie. Au dernier voyage à Paris je ne suis pas retourné la voir. J'ai délibérément choisi *l'action* plus *correcte* avec les douze filles du bordel de la rue de Douai ; j'ai déjà connu, essayant de trouver avec chacune le jeu pour moi le plus efficace : Michèle, que je reverrai, il y a certainement mieux à faire, Dominique que j'ai revue avec Élisabeth et que je reverrai comme assistante dans les séances à multiples sujets, Patricia, très bien et dont j'espère de bonnes réalisations sur mise en scène, Micheline, médiocre et sotte, je n'aime pas les seins à la *play-boy*, Nadine, belle, sotte et maladroite, Annie, deux fois, la lourde juive, la seconde fois fut un peu pour attiser les rivalités, mais ses yeux m'excitent encore. »

Roger Vailland, *Écrits intimes*,
© Éditions Gallimard

« Dans la voiture la chaleur est si agréable que le sang luit à travers les corps. Dans la nature s'est fait un grand vide. Au loin plus un enfant ne s'époumone. Ils braillent à présent, bâillonnés, dans les chambres sévères des chaumières sur lesquelles s'abat la grêle paternelle, en cette heure d'obscurité précoce où les femmes se voient remettre comptant toute la grandeur de l'homme. Dehors le souffle gèle au menton. Cette mère-ci toutefois est activement recherchée par son infâme famille. Son Tout-Puissant, le directeur de l'usine, ce cheval colossal, encore tout fumant du rôti qu'il vient de manger, souhaite démesurément l'enserrer des bras et des jambes, éplucher goulûment son fruit, et la lécher à fond avant que son braquemart lui porte l'estocade. Cette femme est là pour être croquée et grignotée. Il rêve de dépiauter ses bas quartiers et de les avaler encore fumants, arrosés d'un bon jus. Entre ses cuisses le membre agile attend. Contre les lourdes bourses se presse une toison, un instant, et il déchargera dans la tête inclinée ! Une seule femme suffit quand l'homme enflé d'appétit marche dans le droit chemin. Qu'il aimerait frapper avec ses tripes aux portes de son ventre, histoire de voir s'il y a quelqu'un. Bon gré mal gré il faudra bien qu'elles s'entrouvrent ces lèvres coincées dans une barboteuse rose, et se laissent comparer à d'autres, similaires, explorées en d'autres temps. Car de tous les stades de l'enfance, cet homme en est resté à l'anal et l'oral. Que faire d'autre que se rafraîchir, enlever le capuchon de sécurité, secouer ses boucles et sauter tout joyeux dedans ? Personne ne se perd, pas un son dans l'air. »

ELFRIEDE JELINEK, *Lust*,
© Éditions Jacqueline Chambon

Tant qu'à faire, putain, la chose est entendue. Prise pour ce qu'on est. Payée pour ce qu'on vaut.

« Les goudrons et les parfums se mêlaient, odeur pleine qui fait toujours monter le plaisir. J'étais prêt pour les montagnes russes, mais je ne voulais pas que cela se termine, pas cette fois-ci, pas encore, son avidité parcourait mon corps, je voulais davantage, davantage encore, je me libérai de sa bouche et l'allongeai sur le dos.

Alors, aussi brutalement qu'un coup de frein, une odeur perçante, aiguë et constipée (une odeur de rochers, de graisse et d'eau d'égout sur les pavés mouillés d'une ruelle misérable en Europe) se fraya un chemin hors de son corps. Une faim de rat affamé qui aurait pu gâcher mon plaisir s'il n'y avait eu comme une drogue dans la précision même de cette odeur, si forte, obstinée, si personnelle, une odeur qui ne pouvait être adoucie que par les fourrures et les bijoux, cette fille sentait l'argent, elle coûtait cher, elle ramasserait du fric, il faudrait quelque chose d'aussi corrompu qu'un énorme plat de caviar posé sur des billets de cent dollars pour rapprocher cette odeur du parfum de *foie gras* du monde de Deborah et de ses amis. J'eus soudain l'envie d'éviter la mer et de creuser la terre, le désir violent de sodomiser, sachant son cul bourré de malveillance rusée. Mais elle résista, elle parla pour la première fois. "Pas là ! *Verboten !*"

J'obtins malgré tout trois centimètres du *ver-*

boten. Une haine violente et complexe, un catalogue détaillé de la misère la plus sordide, la science d'un rat des villes, tout cela passa d'elle à moi et vint émousser la pointe de mon désir. Je pus néanmoins continuer. Une autre présence (celle qui – pourrais-je vous le rappeler – mène à la création) s'ouvrait à moi, et j'y pénétrai d'un coup, m'attendant à la gloire et au vol brûlant d'ailes tropicales. Non, elle était inerte, son coffret disait l'air froid de la matrice, un entrepôt de désappointements. Je la quittai pour retourner où j'avais commencé, lutte féroce et serrée pour gagner la distance d'un doigt puis un peu plus, centimètre crucial, je plongeai la main dans ses cheveux roux et teints que je tirai vers le haut, les tordant, je pus sentir la douleur dans son crâne durcir son corps comme un levier et remonter le piège, j'étais à l'intérieur, j'avais obtenu ce centimètre, le reste était facile. Quel parfum subtil monta d'elle alors, et l'ambition, l'étroite volonté, la décision maniaque de réussir en ce monde, tout cela fut remplacé par une chose aussi tendre que la chair mais n'ayant rien de propre, une chose sournoise, apeurée, jeune malgré tout, une enfant dans une culotte souillée. "Tu es une nazi", lui dis-je sans savoir pourquoi.

"*Ja*". Elle secoua la tête. "Non, non, dit-elle encore. *Ja*, ne t'arrête pas, *ja*." Enculer une nazi me procurait un plaisir très particulier, il y avait là quelque chose de propre – je me sentais glisser dans un air pur au-dessus des rustauds de Luther, elle était libre et relâchée, très libre et très détendue, comme si après tout c'était pour elle un acte naturel : une foule de magnifiques cadeaux monta de l'enfer jusqu'à moi, le mensonge, la fourberie, une âpreté tendue tout entière vers le vol, l'astuce à rouler les autorités. Je me sentais comme un voleur, un grand voleur. Et, comme un voleur retourne à l'église, je basculai de ce réservoir de plaisirs dans son entrepôt désert, cette tombe abandonnée. Elle était mieux préparée cette fois, les parois flasques s'étaient rapprochées – je pus voir derrière mes yeux fermés une pauvre fleur poussée dans un tunnel – tout l'amour qu'elle possédait était peut-être renfermé dans cette fleur. Comme un voleur je ressortis de l'église et replongeai vers l'or du pirate.

Voici donc comment je lui fis l'amour, une minute ici, une minute là, un voyage pour le Diable et un pour le Seigneur, comme un chien qui abandonne la meute pour capturer lui-même le renard. Ce choix m'avait enivré, cette femme était à moi comme nulle ne l'avait été, elle ne voulait rien que d'être une part de ma volonté. Son visage, changeant, moqueur, connaissant tous les prix, ce visage berlinois était maintenant libre et détaché d'elle, il nageait d'une expression à l'autre, compagne cupide aux yeux et à la bouche emplis d'un désir de puissance, le regard d'une femme à qui appartient le monde. Une fois encore je remontai ces quelques centimètres qui séparent la fin du commencement, une fois encore je fus à l'endroit où se font les enfants, et elle eut l'air un peu triste, le visage craintif d'une fille de neuf ans qui a peur d'être punie et veut bien se conduire.

— Je n'ai rien en moi, dit-elle. Nous continuons ?

— Qui sait, lui répondis-je, tiens-toi tranquille.

Et je la sentis qui commençait à jouir. Le doute en moi avait déclenché son plaisir, l'ordre d'avoir à se tenir tranquille avait lâché la flèche. Elle en avait encore pour une minute, mais elle était en route et, comme si un de ses doigts malins avait abaissé en moi quelque commutateur, je partis comme un cinglé serrer une fois de plus la main du Diable. »

NORMAN MAILER, *Un rêve américain*,
© Éditions Bernard Grasset

« On va boire un verre quelque part ?

— Chez moi, ça vous va ?

Ils sont dehors dans l'air glacé de décembre. Elle jette des regards alentour, comme si elle guettait quelqu'un. Aigle, fennec, pie voleuse. Elle est aussi froide que les murs du huitième arrondissement. S'il ne s'abuse, elle est pourtant en train de lui proposer de faire l'amour avec lui. Moyennant quoi, toute la question est là.

— J'ai ma voiture, dit-elle. On peut y aller tout de suite si vous voulez.

— Combien ? demande-t-il à tout hasard.

La réponse tombe, neutre et nette comme un résultat de bac :

— Dix mille francs.

— Dix mille francs !

— Oui, je sais, c'est un peu cher, mais vous pourrez me prendre autant que vous voudrez, je suis très endurante, une fois j'ai fait l'amour avec trente-sept hommes dans la même nuit, c'était un pari, j'ai gagné ma voiture, c'est d'ailleurs celle-ci.

Une Saab noire décapotable, la même que celle de Jean-Marcel Droit de Grasset ou de Richard Fini de *Paris Première*.

— Écoutez, j'ai absolument besoin de cette somme, j'ai dû payer l'enterrement d'une tante dans le besoin, il me faut dix mille francs pour désintéresser le dealer de ma sœur, elle lui doit bonbon, il va la tuer s'il n'a rien vendredi matin. Tu crois que je te mens, c'est ça ? Ou bien que j'ai besoin de cette somme pour tout autre chose, comme par exemple te l'envoyer à la figure ?

Dostoïevski, maintenant. Pas de doute, cette fille est autre chose que celle qu'elle dit ou laisse croire, elle lui fait un plan, son retard c'était volontaire, elle n'a pas besoin de dix mille francs, c'est d'ailleurs ce qui le décide à les lui donner.

— Je n'ai pas de culotte, dit-elle en ouvrant sa portière, mais j'ai une chaîne à la taille et une autre à la cheville.

La jupe, en effet, est ultracourte, et en s'asseyant Monica l'a encore raccourcie de cinq bons centimètres, de sorte que maintenant elle est passée au-dessus du sexe. Pas de culotte, en effet. Boris connaît bien le sexe de Monica. Il l'a vu dans plein de positions et sous un tas d'éclairages, sucé par des filles comme par des garçons, pénétré par des pénis comme par toutes sortes de godes, c'est un sexe qui lui est familier et s'il en avait envie – et bien sûr sa nature complexe et énigmatique fait qu'il n'en a maintenant pas envie – il pourrait poser avec aisance la main ou la langue dessus. Monica ne fait pas attention à lui ni à elle-même. Elle regarde la route sans rien dire. Il est persuadé qu'elle n'est pas dans son propre corps et se demande comment il va se débrouiller pour qu'elle y retourne, car rien n'est plus déprimant que de baiser une fille qui n'est pas là.

— Où habitez-vous ? demande-t-il.
— Pardon ?
— Votre adresse.
— Levallois. Vous connaissez Levallois ?
— Non.
— C'est très bien. En pleine expansion. Le groupe Filipacchi, tout ça. Si vous avez un placement à faire, n'hésitez pas.

Elle lui a pris le genou. Il croit d'abord que c'est pour appuyer cette affirmation, mieux le convaincre d'acheter un studio ou un deux-pièces à Levallois, elle a peut-être des intérêts dans une agence immobilière locale. Mais sa main remonte jusqu'à sa braguette, qu'elle déboutonne avec dextérité. Comme c'est doux et tendre une professionnelle – aussi doux et tendre qu'un grand pâtissier avec de la pâte à gâteau, un grand plombier avec une installation sanitaire, un grand écrivain avec son lecteur. La plupart du temps, se dit-il, on fait l'amour avec des gens dont ce n'est pas le métier – comme si on montait dans un Boeing avec un pilote amateur aux commandes ou comme si on lisait un roman écrit pendant ses week-ends par une femme de ménage et publié à compte d'auteur. Jamais on n'a sorti son sexe du slip avec autant de grâce, de souplesse, d'élégance – et il est incapable de se souvenir d'une seule main, à part bien sûr la sienne, l'ayant décalotté avec autant de précaution. Monica le masturbe quand elle roule et le suce aux feux rouges, sauf quand il y a une voiture de police à proximité. Il jouit devant le Palais des Congrès et se demande s'il ne va pas descendre en marche, il aura quand même tiré une espèce de coup et économisera dix mille francs. »

PATRICK BESSON, *L'Orgie échevelée,*
reproduit avec l'aimable autorisation de l'auteur

« J'allai dans notre chambre et je découvris notre très grand lit. Puis je retournai chercher Johnny, je l'allongeai sur le lit et je lui retirai ses chaussures. Elle ne portait pas de bas et sa petite robe riquiqui ne fermait que par une fermeture éclair pas très longue.

Je l'ouvris et je fis glisser les bras de Johnny hors des manches courtes. Dessous, elle ne portait rien, ni soutien-gorge, ni slip. Pourquoi s'embarrasser de sous-vêtements étant donné la manière dont elle gagnait sa vie, *notre* vie ? Elle était donc nue, maintenant, et il faisait frais dans la chambre. J'aurais dû remonter les couvertures sur elle, mais je ne le fis pas. Je ne pouvais pas. J'avais le cœur qui battait et un flot de sang me remonta au visage. Et puis, bien sûr, je ne l'aurais pas dérangée pour tout l'or du monde. Mais je ne pouvais pas m'empêcher de la regarder. Je vous assure que c'était impossible... Car je contemplais une telle beauté que les larmes m'en venaient presque aux yeux.

Malgré ce qu'elle était, malgré ce qu'elle avait subi pendant des jours, des semaines, des mois, il y avait en elle une délicatesse de fleur.

Ses seins épanouis n'avaient pas un seul bleu, ils n'avaient pas été malmenés du tout. Les femmes protègent instinctivement leurs seins. Au-dessous, la chair bien propre de son abdomen et de son ventre plat n'avait pas de marques non plus. Mais plus bas, là où se trouvaient son entrejambe rasé et le sceau absolu de sa féminité, eh bien...

Là, *là* se voyait véritablement l'infamie des excès sexuels. D'excès sans cesse renouvelés.

Là, elle ne pouvait *pas* se protéger, car cet endroit cessait de lui appartenir pendant qu'il était utilisé. C'était l'homme, c'étaient les hommes qui en étaient propriétaires. Ils avaient le droit absolu de plonger, d'enfiler, de défoncer ; et elle était l'esclave de ces hommes jusqu'à ce que l'explosion de leur semence la délivre.

Ce fragile délice de femme ne pouvait pas être protégé. Et ce soir, il était si enflé qu'il ressemblait à une moitié de fruit, à une moitié de pêche. Si enflé que la minuscule ouverture, au centre, était presque scellée, sa fente, pas plus grosse qu'une épingle, à peine visible.

Je fermai les yeux, pris de nausée. »

JIM THOMPSON, *Après nous le grabuge*,
© Éditions Payot et Rivages, 1999

« Elle fait d'un doigt passer une mèche de cheveux derrière son oreille.

— Dans la rue, je ne voudrais pas avoir l'air d'une salope.

Se rapprochant.

— Je veux avoir l'air d'une jeune fille.

Son bras sous mon veston.

— Qu'est-ce qui vous plaît le mieux ? Une salope ou une jeune fille ?

Accrochée à ma ceinture.

— Mes parents ne sont pas au courant, vous savez, parce que qu'est-ce que je ramasserais de mon père !

Me serrant contre elle.

— Ce n'est pas pour vous faire bander, je suis sûre que vous bandez déjà, je fais de l'effet à tous les hommes, mais c'est vrai, pour moi ça a commencé le jour où j'ai vu mon père tout nu avec sa chose en l'air. J'avais huit ans, mais je m'en souviens comme si c'était hier. Je m'en souviendrai toute ma vie, cette grosse queue droite. Je crois que ça m'a donné envie. Dès que j'ai pu, j'ai voulu en voir d'autres. Ça me fait toujours la même chose, j'ai le cœur qui bat, c'est comme si ma chatte bougeait, je ne sais pas comment dire, j'ai de la salive plein la bouche, rien que parce que j'imagine votre queue qui bande. Je connais un endroit au fond d'une entrée où il y a un grand recoin, c'est là que je le fais, ça évite de payer une chambre et on est aussi tranquilles. Ce n'est pas loin, venez.

— Il était allongé sur le lit tout habillé. Sans qu'il s'y attende, je lui ai attrapé la tête par les cheveux et je la lui ai enfoncée entre mes cuisses.

Regard glacé.

— Il ne savait rien faire, ce connard ! Moi,

j'aime qu'on me suce dedans, profond, que je sente bien la langue.

De dos à la fenêtre.

— J'ai ramassé ma culotte, mon sac à main et je l'ai laissé en plan. J'ai claqué la porte. J'avais l'impression d'avoir la chatte pourrie. J'ai pris un taxi pour rentrer plus vite chez moi me mettre sous la douche.

Masse blonde de ses cheveux.

— De toute façon, dès que j'ai baisé, j'ai besoin de me laver tout le corps, de me purifier. »

Louis Calaferte, La Mécanique des femmes,
© Éditions Gallimard

« Véronika : Vous avez de la chance Alexandre d'avoir deux nanas qui vous aiment et qui ont une histoire entre elles. Quand vous serez vieux, sur un fauteuil roulant, gardé par une supernénette qui vous filera des gouttes dans le nez ou autre part, souvenez-vous de ça. Vous avez eu une super-chance d'avoir deux nanas qui vous aiment et qui s'aiment bien.
Marie : Ce qui n'arrive pas toujours. La dernière fois ce n'était pas comme ça.
Véronika : Et marquez ça dans votre petite tête, parce qu'elle n'est pas bien grande votre tête.

Alexandre caresse les seins de Véronika. Elle écarte ses mains.

... Non, pas de caresses vaguasses, Alexandre. Qu'est-ce que vous croyez, qu'en tripotant les seins d'une femme ou son sexe...

Mais qu'est-ce que vous croyez ? Enfin en ce qui me concerne, c'est pas ça.

Et je vous aime. Et je le dis devant Marie.
Votre sexe...
Elle se tourne vers Marie.
... Regarde-le comme il a un super-complexe avec son sexe.
Elle rit.
... Votre sexe Alexandre qui me fait tant jouir.
Votre sexe Alexandre n'a pour moi aucune importance. Et sur ce, elle se sert un autre Pernod.
Elle se sert un Pernod et le boit.
... Votre petite tête qui comprend tout... qui raconte de grands trucs grandiloquents et absolument ridicules, et prétentieux. Ce qui est très amusant entre nous, c'est qu'il y a quelqu'un qui se prend au sérieux et quelqu'un qui ne se prend pas au sérieux. Devinez qui se prend au sérieux.
MARIE : De vous deux ou de nous trois.
VÉRONIKA : De nous deux. D'Alexandre et de moi. Écoute, Marie, permets-moi au moins une fois...
MARIE : Mais, je te permets...
Violemment Véronika éclate en larmes.
VÉRONIKA : Permets-moi, je t'en prie Marie. Permets-moi, pour une sombre histoire de cul...
Comprenez tous les deux une fois pour toutes que pour moi les histoires de cul n'ont absolument aucune importance.
Et que je suis tellement heureuse avec vous deux. Et que vous vous baisiez, j'en ai rien à foutre.
Comprenez-le au moins une fois pour toutes que j'en ai rien à foutre. Que je vous aime.
Regardez, je commence à être saoule et je

bégaie et c'est absolument horrible, parce que ce que je dis je le pense réellement. Et je pourrais rester tout le temps avec vous tellement je suis heureuse. Je me sens aimée par vous deux.

Elle regarde Alexandre.

... Et l'autre qui me regarde avec les yeux en couilles de mites, d'un air sournois, en pensant : oui ma petite, tu peux toujours causer mais je t'aurai.

Je vous en prie Alexandre, je ne joue pas la comédie. Mais qu'est-ce que vous croyez...

Alexandre s'allonge, ferme les yeux. Elle parle.

... Pour moi il n'y a pas de putes. Pour moi une fille qui se fait baiser par n'importe qui, qui se fait baiser n'importe comment, n'est pas une pute. Pour moi il n'y a pas de putes, c'est tout. Tu peux sucer n'importe qui, tu peux te faire baiser par n'importe qui, tu n'es pas une pute.
MARIE : Mais je suis bien d'accord.
VÉRONIKA : Il n'y a pas de putes sur terre, putain, comprends-le. Et tu le comprends certainement.

Il n'y a pas de putains, qu'est-ce que ça veut dire putain. La femme qui est mariée et qui est heureuse et qui rêve de se faire baiser par je ne sais qui, par le patron de son mari, ou par je ne sais quel acteur merdique, ou par son crémier ou par son plombier... Est-ce que c'est une pute ? Il n'y a pas de pute. Y a que des cons, y a que des sexes. Qu'est-ce que tu crois. Ce n'est pas triste, hein, c'est super-gai.

Elle chante.

... Et je me fais baiser par n'importe qui, et on me baise et je prends mon pied.

Elle parle.
... Pourquoi est-ce que vous accordez autant d'importance aux histoires de cul ?

Le sexe...

Tu me baises bien. Ah ! comme je t'aime.

Il n'y a que toi pour me baiser comme ça. Comme les gens peuvent se leurrer. Comme ils peuvent croire. Il n'y a qu'un toi, il n'y a qu'un moi. Il n'y a que toi pour me baiser comme ça. Il n'y a que moi pour être baisée comme ça par toi.

Elle ricane.
... Quelle chose amusante. Quelle chose horrible et sordide. Mais putain, quelle chose sordide et horrible.

Si vous saviez comme je peux vous aimer tous les deux. Et comme ça peut être indépendant d'une histoire de cul.

Je me suis fait dépuceler récemment, à vingt ans. Dix-neuf, vingt ans. Quelle chose récente. Et après, j'ai pris un maximum d'amants.

Et je me suis fait baiser. Et je suis peut-être une malade chronique... le baisage chronique. Et pourtant le baisage j'en ai rien à foutre.

Me faire encloquer, mais ça me ferait chier un maximum hein ! Là, j'ai un tampax dans le cul, pour me le faire enlever et pour me faire baiser, il faudrait faire un maximum. Il faudrait m'exciter un maximum. Rien à foutre.

Si les gens pouvaient piger une seule fois pour toutes que baiser c'est de la merde.

Qu'il n'y a qu'une chose très belle : c'est baiser parce qu'on s'aime tellement qu'on voudrait avoir un enfant qui nous ressemble et qu'autrement c'est quelque chose de sordide...

Elle pleure.

... Il ne faut baiser que quand on s'aime vraiment.

Et je ne suis pas saoule... si je pleure... Je pleure sur toute ma vie passée, ma vie sexuelle passée, qui est si courte. Cinq ans de vie sexuelle, c'est très peu. Tu vois Marie, je te parle parce que je t'aime beaucoup.

Tant d'hommes m'ont baisée.

Ils m'ont désirée, tu sais.

On m'a désirée parce que j'avais un gros cul qui peut être éventuellement désirable. J'ai de très jolis seins qui sont très désirables. Ma bouche n'est pas mal non plus. Quand mes yeux sont maquillés ils sont pas mal non plus.

Et beaucoup d'hommes m'ont désirée comme ça, tu sais, dans le vide. Et on m'a souvent baisée dans le vide. Je ne dramatise pas, Marie, tu sais. Je ne suis pas saoule.

Et qu'est-ce que tu crois, tu crois que je m'appesantis sur mon sort merdique ? Absolument pas.

On me baisait comme une pute. Mais tu sais, je crois qu'un jour un homme viendra et m'aimera et me fera un enfant, parce qu'il m'aimera. Et l'amour n'est valable que quand on a envie de faire un enfant ensemble.

Si on a envie de faire un enfant, on sent qu'on s'aime. Un couple qui n'a pas envie de faire un enfant n'est pas un couple, c'est une merde, c'est n'importe quoi, c'est une poussière... les super-couples libres...

Tu baises d'un côté chéri, je baise de l'autre. On est super-heureux ensemble. On se retrouve. Comme on est bien.

Mais c'est pas un reproche que je fais, au contraire.

Ma tristesse n'est pas un reproche vous savez...

C'est une vieille tristesse qui traîne depuis cinq ans... Vous en avez rien à foutre. Regardez tous les deux, vous allez être bien... Comme vous pouvez être heureux ensemble.
Silence.
Fondu. »

JEAN EUSTACHE, *La Maman et la Putain*,
© Cahiers du cinéma

9

Du bon plaisir des collectionneurs

« Je me levai soudain, j'allai vers elle avec la sensation de briser des liens qui me ligotaient au dossier de ma chaise, je fis le vide en moi, je me centrai exclusivement sur ma hantise de Coralie, je tombai sur elle, avec la certitude de tomber en elle et sans lui adresser un mot, sans même la peloter du regard, je la plaquai contre le dossier bien capitonné de la banquette. Puis, de ma langue je lui branlai la bouche, de ma main droite le sein gauche ce qui la fit se cabrer et haleter, et j'envoyai trois de mes doigts de mon autre main en pleine fournaise de ce con qui était, comme prévu, le reflet exact de tous mes fantasmes : une chose vertigineusement en vie vorace très mal contenue par un slip arachnéen, singulier compromis entre une anémone des hauts-fonds et une plante carnivore dégoulinante de sucs abyssaux, et dans ce bouillonnement de sève torride, de tissu détrempé, de chairs, de poils si bien enchevêtrés, ensalivés, mes doigts me semblaient exécuter une triomphale noyade au seuil de l'oubli total, descente d'autant plus envoûtante que Coralie jouissait très évidemment de tout son ventre alors que son visage ne reflétait toujours que le calme et l'attente sans même trahir le moindre étonnement ou la moindre gêne.

— C'est dommage que je sois prise cette nuit, commenta quand même Coralie en se donnant beaucoup de mal pour recentrer son slip au-dessus de son nénuphar défait. »

Jacques Sternberg, *Histoires à dormir sans vous*,
© Éditions Denoël

Faut aussi se méfier des hommes qui disent aimer les femmes.
Comme si c'était compatible.
Toute femme veut être unique.
C'est tout ou rien.
Rien de pire que le collectionneur qui affectionne de se souvenir de nos prénoms. À qui ça donne sa petite dose d'émotion particulière. Sur l'étagère de sa mémoire, gardons-nous bien d'être rangées.

À tout prendre, choisissons la déconsidération. Donner son cul pour rien. Faire que ça soit rien. Que de la chair sans âme.
Ils ne pourront pas mettre un prénom à ce souvenir.

« Elle possédait Sophie cette démarche ailée, souple et précise qu'on trouve, si fréquente, presque habituelle chez les femmes d'Amérique, la démarche des grands êtres d'avenir que la vie porte ambitieuse et légère encore vers de nouvelles façons d'aventures... Trois-mâts d'allégresse tendre, en route pour l'Infini...

Parapine lui qui pourtant n'était pas des plus lyriques sur ces sujets d'attirance s'en souriait à lui-même une fois qu'elle était sortie. Le seul fait de la contempler vous faisait du bien à l'âme. Surtout à la mienne pour être juste qui demeurait rien désireuse.

Question de la surprendre, de lui faire perdre un peu de cette superbe, de cette espèce de pouvoir et de prestige qu'elle avait pris sur moi, Sophie, de la diminuer, en somme, de l'humaniser un peu à notre mesquine mesure, j'entrais dans sa chambre pendant qu'elle dormait.

C'était alors un tout autre spectacle Sophie, familier celui-là et tout de même surprenant, rassurant aussi. Sans parade, presque pas de couvertures, à travers du lit, cuisses en bataille, chairs moites et dépliées, elle s'expliquait avec la fatigue...

Elle s'acharnait sur le sommeil Sophie dans les profondeurs du corps, elle en ronflait. C'était le seul moment où je la trouvais bien à ma portée. Plus de sorcelleries. Plus de rigolade. Rien que du sérieux. Elle besognait comme à l'envers de l'existence, à lui pomper de la vie encore... Goulue qu'elle était dans ces moments-là, ivrogne même à force d'en reprendre. Fallait la voir après ces séances de roupillon, toute gonflée encore et sous sa peau rose les organes qui n'en finissaient pas de s'extasier. Elle était drôle alors et ridicule comme tout le monde. Elle en titubait de bonheur pendant des minutes encore, et puis toute la lumière de la journée revenait sur elle et comme après le passage d'un nuage trop lourd elle reprenait, glorieuse, délivrée, son essor...

On peut baiser tout ça. C'est bien agréable de toucher ce moment où la matière devient la vie. On monte jusqu'à la plaine infinie qui s'ouvre devant les hommes. On en fait : Ouf ! Et ouf ! On jouit tant qu'on peut dessus et c'est comme un grand désert...

Parmi nous, ses amis plutôt que ses patrons, j'étais, je le crois, son plus intime. Par exemple elle me trompait régulièrement, on peut bien le dire, avec l'infirmier du pavillon des agités, un ancien pompier, pour mon bien qu'elle m'expliquait, pour ne pas me surmener, à cause des travaux d'esprit que j'avais en route et qui s'accordaient assez mal avec les accès de son tempérament à elle. Tout à fait pour mon bien. Elle me faisait cocu à l'hygiène. Rien à dire. »

Louis-Ferdinand Céline, *Voyage au bout de la nuit*,
© Éditions Gallimard

« Rome, Hôtel d'Angleterre, le 25 avril

À Rome, depuis dimanche 23 au matin. Amour de Lisina partagé et d'une passion croissante. Hier à l'idée du retour possible de***, en convalescence sur la côte, mes propositions ont frôlé les égarements de la passion. Mais peut-être étais-je très fatigué par les deux jours de voyage, la saoulerie de Milan et les écarts de la dernière semaine à Paris.

Lisina habite une vieille maison romaine. Nous passons les nuits ensemble, après avoir barricadé la porte avec une barre de fer ; deux pièces sans confort et froides, des sortes de galeries, avec la fausse grandeur des intérieurs romains. Un très petit lit dur, mais nous ne nous levons guère. Elle passe de la tendresse humble à la passion, les très beaux yeux noyés, puis à une minauderie âpre, très vite. Nous faisons beaucoup plus l'amour qu'aux premiers temps, toujours très simplement, rien ne s'achève que je ne la foute par le con, mais chaque partie de nos corps s'éveille maintenant à l'autre, surtout, très violemment les seins, les épaules, et d'une manière avec nulle autre encore presque jamais éprouvée, le fond de son con. Hier, nous avons presque joui par le moyen des yeux, sans nous toucher, mais nous nous sommes retenus. Je l'ai quand même finalement foutue par le con, c'est une sorte de morale entre nous, puis elle suce ma bite débandante et garde le plus longtemps possible dans sa bouche et dans son con nos foutres mêlés. Il y a longtemps que je n'avais éprouvé de plaisir à faire l'amour aussi chastement, aussi peu avec le concours de l'imagination. Ma tête entre ses très beaux bras emmêlés, la peau tellement en fleur de son épaule, ou le petit sein rond qui grossit quand je le branle doucement, je bande en y pensant.

Elle perd de plus en plus l'aspect un peu étriqué, "assistante sociale", qui m'avait d'abord irrité, elle gagne chaque jour de l'éclat, nous rencontrons hier Place d'Espagne sous la pluie, il pleut sans cesse, il fait froid, deux amis à elle, la femme sans même la saluer : "Qu'est-ce qui se passe ? tu as rajeuni de dix ans", "C'est que*** est sauvé", répond-elle très tranquillement, j'adore son hypocrisie. »

Roger Vailland, Écrits intimes,
© Éditions Gallimard

« 28 mars 1983. Il est 3 heures du matin. J'écris ceci sur la table de la cuisine. Dans le lit dort Pascale B., ma jeune lectrice de Besançon. C'est la troisième nuit qu'elle dort avec moi, la première à l'hôtel, les deux autres dans mon grenier, et cette compagnie, pour charmante qu'elle soit, commence à me peser. Heureusement, elle repart par le train de 7 h 16, au petit jour.

Depuis vendredi 20 heures, nous avons fait l'amour sous toutes ses formes. La première nuit, je n'ai pu que la sodomiser, car par-devant elle est très étroite et affirmait que je lui faisais trop mal ; mais ultérieurement je suis arrivé à mes fins et, après avoir pris mon plaisir dans le vase garçonnier, j'ai joui dans son petit con vierge. Durant ce long weed-end, je n'ai quasiment pas quitté cette nouvelle amante (vive la Franche-Comté !), sauf samedi après-midi, de 5 à 7, deux heures que j'ai vécues chez moi, au lit, avec Aude, ma nouvelle amante de dix-sept ans, et dimanche après-midi, de 3 à 7, toujours chez moi, dans les bras, dans la bouche, dans le cul voluptueux de la belle Marie-Laurence. Marie-Elisabeth m'avait dit que Marie-Laurence avait un corps splendide, et elle disait vrai. Les seins de Marie-Laurence sont des fruits parfaits : ce n'est pas la poitrine à peine éclose d'Aude, ni les seins épanouis, déjà un peu lourds, de Brigitte S. et de Pascal B., c'est le buste de Vénus, que j'ai dévoré de baisers, et tout son corps est digne de cette superbe poitrine, de ce noble visage aux yeux de braise, à la grâce fiévreuse. Et puis, quel tempérament ! Elle aussi, je ne l'ai que pédiquée (lesbienne, elle ne prend pas la pilule, mais m'a promis de la prendre dès son retour d'Italie – où elle part huit jours, pendant les vacances scolaires, avec Marie-Elisabeth), mais avec quel plaisir elle a été pénétrée ! Ses tressaillements, ses soupirs étaient les plus éloquents compliments du monde. Et plus tard, elle m'a dit que je l'avais caressée aussi bien qu'une fille. C'est une âme de feu. Oh ! je crois que je vais beaucoup l'aimer. »

GABRIEL MATZNEFF, *Mes amours décomposés*,
© Éditions Gallimard

10

*Du plaisir de l'inhibition
à celui de la surenchère*

« J'ai remonté son tee-shirt et elle a replié un bras sur ses yeux. Elle avait un slip blanc. Elle tenait ses jambes serrées.

— Je pourrai pas, elle a murmuré. Tu sais très bien que je pourrai pas...

J'ai embrassé ses nichons un par un. Elle les tendait vers moi en poussant des petits gémissements. J'aspirais les bouts, je les mordillais, je les serrais entre mes lèvres, je les ai léchés et sucés comme un dingue et, le plus doucement que j'ai pu, j'ai glissé une main sur son ventre, il fallait que j'arrive à lui casser la cervelle en mille miettes pour parvenir à quelque chose, il fallait qu'elle oublie que c'était un type qui était là, un type qui faisait cavaler des doigts nerveux sur sa peau. J'ai glissé une main sous l'élastique mais impossible de lui faire ouvrir les jambes. J'étais à genoux et mon plâtre me gênait, je commençais à transpirer, sa poitrine scintillait sous la salive et sa bouche était ouverte. Tout en essayant de faufiler un doigt dans le haut de sa fente, je me suis penché à son oreille :

— Pourquoi ? j'ai fait à voix basse.

— Je peux pas t'expliquer.

J'ai réussi à glisser mon doigt et à caresser le bouton deux ou trois fois. Elle a pas écarté les jambes mais j'ai senti qu'elle les desserrait. Je l'ai caressée doucement. Au bout d'une minute, elle a attrapé ma main. Elle a placé mon doigt comme il fallait puis elle a posé sa main sur la mienne et elle a donné le bon rythme. Pendant tout ce temps-là, elle a gardé un bras sur ses yeux, d'ailleurs depuis le début elle m'avait pas regardé une seule fois. Mais ça, c'était quelque chose que je pouvais comprendre.

Elle s'est mise à jouir en remontant lentement ses genoux vers son ventre et elle n'a arrêté le mouvement de ma main que lorsqu'elle s'est retrouvée repliée sur elle-même comme un morceau de plastique ratatiné par les flammes. Puis elle s'est tournée de l'autre côté sans un mot. J'étais en sueur. Je lui ai posé une main sur l'épaule et elle s'est contractée.

— N'essaie pas de me le mettre, je t'en prie, elle a murmuré.

— Non, j'ai dit.

— Je suis complètement ivre, elle a ajouté.

— Moi aussi, j'ai dit.

— Je veux qu'on oublie ça, tous les deux.

Son dos était blanc et lisse comme une coquille d'œuf. J'ai enlevé ma main.

— D'accord, dors bien, j'ai dit. »

PHILIPPE DJIAN, *Zone érogène*,
© Éditions Aubier

« Elle a défait son blouson kaki, elle l'a entrouvert, j'ai aperçu un sein dur, elle a appuyé sa tête dans sa main gauche et elle m'a regardé avec des yeux immenses, sans les points rouges noyés, mais comment diable les femmes, certaines femmes, très peu, à la vérité, arrivent-elles à déclencher cette submersion de leurs yeux, et le font-elles exprès, ou bien ne savent-elles rien, elles-mêmes, de cette brume légère qui les envahit, les noie, surtout celles qui ont les yeux si clairs d'Ilma, et puis, elle a fait sauter, de sa main gauche, dans son dos, sa chemise au-dessus de son pantalon, et puis elle a défait un peu sa ceinture, et, s'élevant à peine au-dessus de la banquette, elle a fait glisser légèrement de l'arrière vers l'avant son pantalon, elle est restée un peu soulevée, ainsi, afin que mon index, celui-là qu'elle avait trouvé bel et bon index d'homme, descende le long de son dos, le long de ses vertèbres lombaires, puis sacrées, tendant la fine peau, sacrés clous d'os, chauds, brûlants, sacrées chevilles supportant cette carcasse d'or, tournées, enfoncées à force dans la chair, et puis mon index, enfin logé au plus chaud, au plus doux, elle est redescendue lentement, elle s'est posée de tout son poids sur lui, qui avait déjà disparu, s'était éveillé sous la toison, sous les lèvres, les apprenant, les énumérant une à une, les appelant, les rappelant à lui, les trouvant innombrables et chacune à leur tour heureuses, tandis que les yeux ne quittaient pas les miens, jusqu'à ce que tout le visage tombe dans mon cou, ployé, puis sur la carte bleue craquelée, et qu'elle murmure : "Reste" ! »

FRANÇOIS-RÉGIS BASTIDE,
L'Homme au désir d'amour lointain,
© Éditions Gallimard

On n'en finit jamais de revenir à ce qui aurait dû être depuis le début. L'inhibition féminine et son cortège de peurs, parce qu'elles s'en font toute une histoire et qu'il devient soudainement important de se préserver. Puisque nous, les femmes, naissons plus faibles et que ça compte plus pour nous. On investit des sentiments, une part de nous-mêmes qu'on donne comme ça, gratis, dans un demi-sommeil, à un inconnu qui désire juste un trou, une tanière. Un va-nu-pieds, un vagabond qui n'en a pas fini d'errer. Si l'on se souvient qu'on est une femme, on peut faire un rêve tendre, goûter à quelque chose d'exquis.

Mais cela ne dure pas. On le sait par expérience.

On ne réclame pourtant rien d'autre que de très banal, de la tendresse, un bonheur sans grâce – comme un chien sans pedigree qui n'est pas beau à voir mais qui lèche avec toute la tiédeur du monde. Un répit. On n'a pas demandé plus.

L'amour, c'est impie et impitoyable. Il faut donner le spectacle de la cruauté. Les cris de jouissance qui se confondent avec les cris de douleur. Et qui nous dit que ce plaisir n'est pas une souffrance. Que ce n'est pas le plaisir toute cette souffrance.

Le sexe des femmes est comme une scarification, une mutilation rituelle de leur âme. Toujours raviver la blessure. Et la colère ! Banaliser le corps qui n'est plus une offrande, juste une frénésie, un trou géant : faut que ça entre, faut que ce soit fourré, sinon il n'y a pas d'extase.
Et l'extase tue le désir.
Le désir, c'est un trou en manque qui a besoin d'être bourré. Ça banalise la bite.
D'ailleurs à ce stade, on peut bien se la fourrer n'importe où, même dans la chatte d'une autre puisqu'il y a le plus profond mépris à ça.
Ce n'est pas l'intérêt des femmes de sacraliser le con. C'est plutôt celui des hommes qui veulent nous faire croire que c'est mieux pour nous. Ils ont besoin de nous attacher. Pour voir où va le duplicata de leur âme lorsqu'ils éjaculent.
« À la poubelle, elle dit, je suis une poubelle, un incinérateur. Ton espoir d'éternité, je le brûle. C'est pas un type qui se vide les couilles qui va me la faire ».

    « je me coupe à ras l'ongle du doigt
    du milieu
    de la main droite
    vraiment à ras
    et je commence à lui caresser le con
    et elle se tient assise sur le lit toute raide
    à se passer de la lotion sur les bras
    la figure
    et les seins.
    elle vient de sortir du bain.
    puis elle s'allume une cigarette :
    "que ça ne t'empêche pas de continuer",

dit-elle, et elle ne cesse de fumer et de
se passer de la lotion.
je continue de lui caresser le con.
"tu veux une pomme ?" que je lui dis.
"volontiers", fait-elle, "tu en as une ?"
mais en définitive je préfère continuer à la
travailler –
elle commence de se tortiller,
puis elle se met sur le flanc,
humide et ouverte
comme une fleur sous la pluie.
puis elle se met sur le ventre
et son superbe cul
me fait risette
et je repasse la main dessous et je lui
touche aussi le con.
elle se tourne et empoigne
ma queue qu'elle agite en tous sens,
j'écrase
mon visage dans le flot
de ses cheveux roux qui ruissellent
de toutes parts
et ma queue gonflée pénètre
dans ce miracle.
après, tout devient un jeu : la lotion,
les cigarettes et la pomme.
puis je sors acheter du poulet
et des crevettes et des frites et des pains au
lait
et de la purée de pommes de terre arrosée de
jus de viande
et de la salade de choux rouges, et nous
mangeons, elle me dit

combien ç'a été bon pour elle et je lui dis
combien ç'a été bon pour moi et nous
mangeons
le poulet et les crevettes et les
frites et les pains au lait et la
purée de pommes de terre arrosée de jus de
viande et
la salade de choux rouges aussi. »

Charles Bukowski, L'amour est un chien de l'enfer,
© Éditions Grasset et Fasquelle

« Je la suivis dans le jardin en traînant Jean qui trébuchait à chaque pas sur le gravier de l'allée. Seigneur ! Que cette fille était lourde ! J'avais de quoi m'occuper les mains. Judy me précéda dans l'escalier et me conduisit à l'étage. Les autres menaient déjà grand bruit dans le living-room dont la porte fermée, heureusement, amortissait leurs cris. Je montai à tâtons, dans le noir, me guidant sur la tache claire que faisait Judy. En haut, elle réussit à trouver un commutateur et j'entrai dans la salle de bains. Il y avait un grand tapis de caoutchouc mousse à alvéoles devant la baignoire.

— Mettez-la là-dessus, dit Judy.

— Pas de blagues, dis-je. Enlevez-lui sa jupe.

Elle manœuvra la fermeture éclair et enleva la légère étoffe en un tournemain. Elle roula les bas le long des chevilles. Réellement, je ne savais pas ce que c'était qu'une fille bien bâtie avant d'avoir vu Jean Asquith nue, sur ce tapis de bain. C'était un rêve. Elle avait les yeux fermés et bavait un petit peu. Je lui essuyai la bouche avec une serviette. Pas pour elle, pour moi, Judy s'affairait dans la pharmacie.

— J'ai trouvé ce qu'il faut, Lee. Faites-lui boire ça.

— Elle ne pourra pas boire maintenant. Elle dort. Elle n'a plus rien dans l'estomac.

— Alors, allez-y, Lee. Ne vous gênez pas pour moi. Quand elle sera réveillée, peut-être qu'elle ne marchera pas.

— Vous allez fort, Judy.

— Ça vous gêne que je sois habillée ?

Elle alla vers la porte et tourna la clé dans la serrure. Et puis, elle retira sa robe et son soutien-gorge. Elle n'avait plus que ses bas.

— C'est à vous, Lee.

Elle s'assit sur la baignoire, les jambes écartées et me regarda. Je ne pouvais plus attendre. Je flanquai toutes mes frusques en l'air.

— Collez-vous sur elle, Lee. Dépêchez-vous.

— Judy, lui dis-je, vous êtes dégueulasse.

— Pourquoi ? Ça m'amuse de vous voir sur cette fille-là. Allons, Lee, allons...

Je me laissai tomber sur la fille, mais cette sacrée Judy m'avait coupé le souffle. Ça ne carburait plus du tout. Je restai agenouillé, elle était entre mes jambes. Judy se rapprocha encore. Je sentis sa main sur moi, et elle me guida où il fallait. Elle laissait sa main. J'ai manqué gueuler tellement ça m'excitait. Jean Asquith restait immobile, et puis, mes yeux sont tombés sur la figure, elle bavait encore. Elle a ouvert les siens à moitié, et puis les a refermés et j'ai senti qu'elle commençait à remuer un peu – à remuer les reins – et Judy continuait pendant ce temps-là et, de l'autre main, elle me caressait le bas du corps.

Judy s'est relevée. Elle a marché dans la pièce et la lumière s'est éteinte. Elle n'osait tout de même pas tout faire en plein jour. Elle est revenue et je pensais qu'elle voulait recommencer, mais elle s'est penchée sur moi, elle m'a tâté. J'étais encore en place, et elle s'est étendue à plat ventre sur mon dos, en sens contraire, et, au lieu de sa main, maintenant, c'était sa bouche. »

BORIS VIAN, *J'irai cracher sur vos tombes,*
© Christian Bourgois Éditeur

« — Tu crois qu'elle dort ? me chuchota-t-elle. Recommençons, dis, tu veux bien ? supplia-t-elle.

Je demeurai immobile, la verge molle, un bras languissamment sur son flanc.

— Pas maintenant, murmurai-je. Au réveil, peut-être.

— Non, tout de suite ! implora-t-elle.

Ma pine était toute recroquevillée dans sa main, tel un escargot mort.

— Dis, tu veux bien ? chuchota-t-elle. J'en ai envie. Baise-moi encore, Henry... rien qu'une fois.

— Laisse-le dormir, dit Maude, se pelotonnant contre moi (elle avait une voix de droguée).

— Bien, bien, dit Elsie, tapotant affectueusement le bras de Maude.

Puis, après quelques instants de silence, elle reprit lentement, dans un souffle, les lèvres pressées contre mon oreille, marquant un léger temps entre les mots :

— Quand elle dormira, alors, oui ?

J'acquiesçai de la tête. Tout à coup je me sentis sombrer... "Dieu soit loué !" songeai-je à part moi.

Il y eut un vide, un long tunnel de vide, me sembla-t-il, un temps durant lequel je ne fus plus de ce monde. Je revins à moi lentement, avec la vague conscience que ma pine était dans la bouche d'Elsie. Je laissai mes doigts courir dans ses cheveux puis caresser doucement son dos. Sa main monta, vint se poser sur mes lèvres, comme pour prévenir toute protestation de ma part. Avertissement parfaitement inutile, car chose curieuse – je m'étais réveillé en pleine connaissance de ce qui allait se passer. Ma verge répondait déjà aux caresses labiales d'Elsie. Ce n'était plus la même verge ; elle semblait plus mince, plus longue, pointue – un peu comme une pine de chien. Et pleine de vie ; comme si elle avait puisé de son côté une fraîcheur nouvelle, comme si elle avait piqué un somme indépendamment de moi.

Doucement, lentement, furtivement (pourquoi ce changement, ces manières furtives entre nous, maintenant ? me demandais-je), je halai Elsie, l'attirai sur moi. Elle avait un con différent de celui de Maude : plus long, plus étroit ; on eût dit un doigt de gant glissant sur ma pine. Je me livrais à des comparaisons tout en imprimant à la fille un prudent mouvement de va-et-vient. Je suivis des doigts le bord de la fente, me saisis de la toison et tirai doucement dessus. Pas un souffle ne sortait de nos lèvres. Ses dents étaient rivées au gras de mon épaule. Elle s'était arquée de telle sorte que, seul, le nez de mon truc pénétrât en elle ; et autour de cet axe, avec une lenteur et une habileté suppliciantes, elle semblait entortiller son con. De temps à autre, elle se laissait tomber de tout son poids et se mettait à fouir comme une bête, sauvagement.

— Dieu, ce que ça peut être formidable ! chuchota-t-elle finalement. J'aimerais baiser avec toi toutes les nuits.

Nous roulâmes tous deux sur le côté et demeurâmes allongés ainsi, collés l'un à l'autre, sans mouvement, sans bruit. »

HENRY MILLER, *Sexus*, traduction de Georges Belmont,
© Christian Bourgois Éditeur

Puisque l'objet du désir n'est plus l'amour mais la surenchère du mépris, bien sûr qu'il faut aller plus loin.
Puisque le corps ne peut plus être qu'une charogne vouée à la décharge publique. Les vautours n'ont qu'à tenir bien leur rôle.
D'ailleurs c'est un rôle.
Dès qu'ils jettent le gant, ils sont congédiés.
Il se peut qu'ils enflent la voix, qu'ils jouent eux du mépris pour se donner de l'importance, mais au mépris qu'on se porte à soi-même, nul ne peut faire d'ajout.
Voilà leur vraie impuissance.
Risibles.

« Dès le début ça s'était enclenché moyen, ils avaient baisé, comme des bêtes, pensait Wendy, exactement comme des bêtes, Victor déchaîné ; jusqu'à présent elle avait eu des expériences plutôt soft, des défoncés au shit ou dans la communauté, pas un dingue assoiffé de sexe, des heures, debout, couchés, il lui murmurait des cochoncetés, t'aimes ça, le délire complet, une fois, deux fois, trois fois, dans toutes les positions, j'aime ton cul, j'aime tes seins, ta chatte sent bon, une partie d'elle-même restait absente, en retrait, vas-y suce-moi, là, fais courir ta langue le long de ma bite, elle avait horreur de ça, son esprit semblait aspiré dans une autre dimension, voguant à travers une succession de pièces sombres, des idoles de bois noir et des bougies fichées sur de lourds candélabres, à chaque assaut du monstre elle se surprenait à gémir, aaah, aaah, en fait elle n'aurait pas su dire ce qu'elle ressentait, après tout ce temps loin des bras d'un homme, et lui, son amour, un affreux satyre. Assis sur un trône d'ébène Belzébuth lui souriait, avec la voix de Philippe, le type du restaurant, le mythe de Faust, Wendy, c'est vraiment quelque chose que je te conseille. Je vais t'attacher, disait Victor, je vais t'attacher, te bander les yeux et te prendre, j'ai envie de toi.

Elle avait des images de la rue Saint-Denis, les sex-shops, la lumière rouge et les néons, Sex-Vidéo, en cabine spéciale, nu intégral, topless, le sourire des filles, en bas de chez Dolores la pute lui disait bonjour et l'appelait par son prénom. Demande-moi de t'enculer chuchotait Victor, sa langue au plus profond d'elle, et elle s'entendait gémir oui, encule-moi, les yeux des statues devenaient étranges, comme en pâte à modeler, et celle de droite, mais oui, se mettait à bander. »

Vincent Ravalec, *Wendy - Biographie d'une sainte*,
© Éditions Flammarion

Journal intime
« Meillonnas, 7 avril 1957, dimanche

Réveil, Beethoven, romances n° 1 et 2, comme la veille au soir.

Jardin, engrais aux rosiers.

De 16 heures à tard dans la nuit divertimento à la maison avec Pierrette I... (32 ans) et Yolande B... [...] venues de Lyon. Yolande, gros seins lourds à tétons très marqués qui peuvent se branler comme des grosses bites. Grande, taille mince ; yeux verts sous front étroit ; le regard pourrait être *fou*, la fille bacchante. Mais reste désaccordée, pas finie.

Pierrette, jolie tête, yeux bleus transparents à fleur de tête, joues lait et rose qui s'enflamment tout soudain dans le plaisir, éclat. Taille pas marquée, corps mal dégrossi, mais petits seins plaisants, ventre agréablement poilu, clitoris fort, bien bandant.

Après préludes rapides, grâce à Pierrette, Yolande risque quelques sarcasmes (prétentions intellectuelles ; le sarcasme pour échapper à la gêne ?) ; Pierrette et moi la châtions aux orties (que nous avions préparées) ; les fesses deviennent instantanément d'un beau rouge, les gros seins roses et cloques blanches ; poursuivons au martinet sur dos et fesses ; pleure, quelques gifles, pleure, se plaint des brûlures aux seins, je me prête avec plaisir à la réciproque, orties administrées par Yolande (avec trop de rage), martinet par Pierrette (bonne volonté mais manque d'expérience) ; j'enfile Yolande, je poursuis et achève dans Pierrette [...]

Je mets Mozart, divertimento 11 en ré majeur, puis nous laissons choix des disques à Yolande qui, sauf concertos brandebourgeois, reste à Beethoven, concertos et sonates.

Seconde séance, Élisabeth et Yolande ; Élisabeth se plaint des excès de tendresse et du manque d'habileté. Dans le même temps j'enfile Pierrette classiquement sur le lit, puis avec davantage de plaisir pour elle et un plaisir plus réel pour moi je lui branle et suce le clitoris.

Déjeuner à l'auberge bressane, deux bouteilles blanc de blanc. À la maison une bouteille et demie scotch, rôti, fromages, gâteaux, l'ivresse ne vient heureusement que tard et graduellement. À deux heures du matin, Pierrette dormait, Yolande ivre me donne enfin du plaisir en offrant assez théâtralement ses seins pendant qu'Élisabeth me suce avec succès.

Yolande insiste pour dormir avec Élisabeth (et moi de l'autre côté).

Elles partent à six heures trente, moi dormant. »

Roger Vailland, *Écrits intimes*,
© Éditions Gallimard

« Comment la fille se tient à califourchon sur un tabouret de bar et se fait remplir par le cul et la bouche par deux types en costard. Elle se demande comment ça va se passer une fois qu'ils seront dans la chambre. Elle surveille Manu du coin de l'œil. La petite est égale à elle-même : braillarde et débraillée. Le garçon châtain à côté d'elle l'écoute scrupuleusement, comme s'il la soupçonnait de pouvoir dire des choses cruciales et justes.

Celui qui marche avec Nadine lui chuchote à l'oreille, très enjoué et complice : "Sacré numéro, ta copine." L'avant-baise serait moins fastidieuse si ce garçon pouvait se taire.

Elle caresse son dos sous le tee-shirt, joue du bout de l'ongle le long de sa colonne vertébrale.

À l'hôtel, couples côte à côte sur les lits.

Toujours très initié, le garçon qui bouge sur Nadine demande :

— Vous faites souvent des plans à quatre ?

Elle répond :

— Oui, mais si tu fais un peu attention, tu remarqueras que ce soir ça n'a rien d'un plan à quatre.

Elle l'embrasse à pleine bouche, sort sa queue qu'il enfonce tout de suite du plus profond qu'il peut, sans même avoir besoin de s'aider de la main. Joli coup. Il la travaille lentement, la creuse en respirant très fort, elle empoigne ses propres cuisses pour s'ouvrir davantage, qu'il vienne un peu plus loin dedans, elle noue ses jambes autour de lui quand il accélère le mouvement. Palpitations au fond de son ventre, il a éjaculé. Il ne se retire pas tout de suite, elle bouge doucement de haut en bas, cherche la grosse vague. Coup de hanche et elle se sent basculer l'intérieur, le ventre dénoué et apaisée des chevilles aux épaules. Bien baisée. Elle s'écarte de lui, se renverse sur le dos.

Nadine tourne la tête vers le lit voisin. Manu chevauche son petit camarade, ondule et chantonne presque, elle se trémousse gentiment et avec grâce, en s'empalant consciencieusement. Elle ne se ressemble pas. Nadine pense en la regardant : "Elle chasse le mal", ça ressemble à une cérémonie d'exorcisme. Le garçon caresse ses seins et la laisse faire. Manu noue ses mains derrière sa nuque et tord sa bouche comme en sanglots, les mains du garçon l'attirent brusquement contre lui. La scène est en drôle de noir et blanc, des couleurs de nuit.

Le garçon se dégage de l'étreinte et la fait coucher sur le dos. Elle guide sa tête entre ses cuisses. Son regard rencontre celui de Nadine. Deux grands yeux calmes et attentifs.

Plus tard, le garçon avec qui elle a fait ça se lève, se sert à boire, s'étire et, d'un air complice et affranchi, propose :

— Ce qui serait sympa, les filles, ce serait de nous faire un petit tête-bêche.

Assis au bord du lit l'autre garçon allume une clope, comme s'il n'avait pas entendu, et feint d'ignorer le sourire de connivence que l'autre lui adresse. Manu répond :

— J'ai pas envie de te distraire. Pour tout te dire, j'ai bien envie que tu te casses. Tout de suite, un problème d'odeur. Tu pues la merde, connard, c'est insupportable.

En disant ça, elle se tourne vers Nadine, comme pour lui demander l'autorisation de le faire sortir. Lui aussi se tourne vers Nadine,

attend qu'elle intervienne. Avec ce qu'il vient de lui mettre et comme il l'a sentie enthousiaste, il s'attend à ce qu'elle prenne sa défense. Nadine hausse les épaules. Elle préférerait ne pas se réveiller avec lui demain matin, mais elle ne veut pas non plus se prendre la tête. Qu'ils se débrouillent ; en ce qui la concerne, elle en a pris pour son grade et elle voudrait surtout dormir.
Il hésite un moment. Manu commente :
— Eh ben au moins, connard, t'auras eu l'air désarçonné une fois dans la soirée, tu seras pas venu pour rien.
Se trouve drôle et ricane un moment. Lui, très grand seigneur, se rhabille prestement et s'arrache sans rien ajouter.
Nadine attrape la bouteille et déclare :
— Le coup de reins était convaincant, vraiment.
Manu hoche la tête et approuve :
— Il avait l'air de se débrouiller. Mais c'est pas une raison pour être pénible. »

Virginie Despentes, *Baise-moi*,
© Éditions Grasset et Fasquelle

« Son visage était rouge, luisant et il avait un mauvais sourire. Il a versé du bourbon dans deux verres publicitaires et en a tendu un à Shirl.
— Tenez, Shirley – permettez que je vous appelle Shirley ? Ah bien, si j'avais imaginé ! C'est vrai que je vous ai souvent observée pendant le service... Une beauté comme vous, c'est bien normal ! Ah ça, si j'avais pu imaginer qu'un jour je vous trouverais à trois blocs de

l'église, en train de sucer la queue d'un étudiant !

Shirl a rougi et détourné le regard. Il a avalé son bourbon d'un trait.

— Je vous ai souvent regardée, c'est vrai, et je me demandais de quoi vous auriez l'air toute nue, et maintenant je vais le savoir... Allez, Shirley, à poil !

— Mais je... enfin, Walt, vous...

— Shirley, je pense que vous n'imaginez pas le bruit que ça ferait à Roseville, à l'église, à l'école, chez Mrs Mac Namarra... je crois que vous ne tenez pas du tout à l'imaginer et que vous allez faire très précisément tout ce que je vous dis...

Shirl n'a pas dit un mot de plus. Elle a laissé tomber sa veste en duvet et son pull à torsades sur le plancher et s'est assise sur le lit pour défaire ses lacets.

J'avais envie d'écraser cette ordure à coups de pied, mais malgré moi, en voyant Shirl à sa merci, se débarrasser un à un de ses vêtements, je recommençais à être excité.

Elle était torse nu, maintenant et elle me tournait le dos. Je voyais ses bras minces et le V que dessinait son dos sans aucune trace de graisse. Elle a déboutonné sa braguette et laissé tomber son jeans sur le sol.

— Le slip aussi !

Elle a fait rouler la petite culotte noire sur ses hanches la laissant glisser jusqu'au jeans. J'adorais sa croupe, ses hanches larges et ses deux grosses fesses lisses en goutte d'huile qui juraient avec sa taille fine, bien prise et ses cuisses fuselées, longues et fermes.

— Tourne un peu !

Shirl a fait un demi-tour sur elle-même pour montrer au gros flic le cul que je venais d'admirer. Elle gardait la tête baissée, évitant mon regard. Il a eu un sifflement.

— Ah ça, il sait pas la chance qu'il a Ronny ! Si ma femme était roulée comme ça, sûr que je ferais pas les nuits ! Ha ha ! Allez, mets-toi sur le lit maintenant !

Shirl s'est couchée sur le dos sur le couvre-lit crasseux aux couleurs des Minnesota Vikings. Le gros flic s'est approché tournant autour d'elle et, du bout de sa matraque, il lui a piqué le haut de la cuisse.

— Écarte un peu ! Fais voir ton minou !

Il s'est assis aux pieds de Shirl qui, lentement, écartait les cuisses et relevait les genoux pour qu'il puisse lorgner son sexe. Il a tendu le bras, laissant la pointe de son bâton noir jouer dans les poils châtains du pubis renflé de Shirley.

— Maintenant, tu vas me raconter ce que tu fais avec les mecs, Mrs Purnell la pute ! Tu as dû t'en envoyer un paquet, hein, chaude comme tu es ?

Shirley a tourné la tête dans ma direction. Ses yeux verts avaient cette coloration trouble qu'ils prenaient quand elle faisait l'amour. Elle s'est retournée vers Walt.

— Beaucoup...

— Combien ? Dis-le ! Combien tu en as baisé, ma pute ?

— Je... je ne sais pas... vingt... trente...

— Tu es vraiment une traînée, Shirley, tu sais ça ? Et qu'est-ce que tu leur fais à tous ces mecs que tu t'envoies ? Dis-le !

Je voyais la poitrine plate de Shirl, juste marquée de deux larges aréoles violacées, se gonfler. J'entendais presque son souffle rapide.

— Je... je les prends dans ma bouche...

Presque timidement, Shirl a déplacé sa main droite. Elle l'a posée sur son ventre d'abord...

— Tu suces, c'est ça, t'es une suceuse ? Dis-le ! Dis ce que ça te fait !

Sa main a glissé, lentement au début, puis plus vite, et s'est lovée sur son pubis. Son bassin s'est soulevé imperceptiblement et son majeur a pris sa place dans la fente pendant que, de sa paume ouverte, elle s'écrasait le clitoris.

— Je... j'aime ça, quand ils grossissent dans ma bouche... j'aime sucer leur... pénis...

— Ça te fait mouiller de pomper toutes ces bites, pas vrai ? Et là t'es trempée, t'en peux plus. Tu penses à toutes ces queues que tu t'es envoyée, hein ?

Elle se branlait de plus en plus vite et ses babines humides s'entrechoquaient avec un bruit de clapot.

— J'aime quand ils... je... j'aime leur sperme...

Walt s'est soulevé sur un genou et a pointé le bout de sa matraque sur la main de Shirl, l'obligeant à la retirer et à interrompre sa masturbation.

— ... j'aime quand ils sortent de... ma chatte pour... j'aime le goût de mon sexe sur... leur pénis...

La grosse tige pressait contre les grandes lèvres de Shirley qui avait de plus en plus de mal à articuler. Elle haletait, jouissant de se confesser, d'exhiber ses vices comme elle exhibait son corps. Du bout des doigts, elle a tiré sur ses babines trempées pour ouvrir sa fente. Le bout renflé de la matraque a paru hésiter un instant puis s'est engouffré dans son vagin. Son ventre a frémi et elle a glissé un peu plus bas sur le couvre-lit pour s'offrir davantage à la tige caoutchoutée qui lui fouillait la chatte en reprenant son gros clitoris entre deux doigts.

— T'es qu'une pute, tu sais ça, une pute !

Elle s'est mise à geindre en se tortillant sur le lit crasseux, ondulant du bassin, pendant que l'armoire à glace lui enfournait son bâton sur près de vingt centimètres. Elle a tourné la tête vers moi et cette fois son regard flou, presque celui d'une droguée, s'est attardé sur le mien...

Walt a retiré brutalement la matraque de son vagin, lui arrachant un petit cri. Elle s'est aussitôt introduit deux doigts dans le sexe comme si elle ne supportait pas de le sentir vide.

— Suce-la ! Tiens, goûte à ta chatte !

Il a pointé la matraque luisante de mouille vers son visage et, docilement, elle a ouvert la bouche, suçant l'épais bâton comme si c'était une bite, la nettoyant sur toute sa longueur, lapant la bave dont elle était enduite. Puis le gros flic la lui a retirée, la laissant bouche ouverte, langue tendue, avide. Et il a recommencé à la baiser brutalement avec l'épais bâton. Shirl accompagnait les mouvements de son poignet de coups de reins. Elle gémissait en se tortillant, les yeux mi-clos, le visage dans ma direction.

— Je... je... aime Eric... parce... Qu'il me... me prend toujours... par... par-derrière...

Walt a arrêté d'un coup ses va-et-vient et a laissé glisser la matraque luisante entre les lèvres trop longues de Shirl.

— Répète-le ! Répète ce que tu viens de dire, espèce de salope !

— J'aime... parce qu'il me fait toujours l'amour... dans... dans mon cul...

— Tourne-toi !

Shirl s'est mise sur le ventre et, lentement, a remonté ses genoux sous sa poitrine. Le visage enfoui dans le couvre-lit, elle ne pouvait pas être plus offerte. Entre ses cuisses largement écartées le double renflement charnu de sa vulve était à moitié masqué par sa main : elle se branlait encore, deux doigts enfoncés dans le vagin, la paume plaquée au pubis ne laissant échapper sur chaque côté qu'un bourrelet de chair grasse parsemé de poils clairs, agité de tremblements réguliers. Son cul large et plein avait la forme d'un cœur à l'envers, étalé, offert.

— Quand il le fait dans mon cul, je... il me fait mal et quand il me fait mal là, je... je jouis... très fort...

— Tu aimes te faire défoncer le cul, dis-le !

— J'aime... j'aime... mon... dans mon cul !

Walt s'est levé d'un coup et a foncé sur moi. Coinçant la matraque sous son bras, il a sorti les clefs de sa poche et m'a libéré des menottes.

— Encule-la ! Encule cette pute !

La question ne m'a pas effleuré de savoir ce

qu'il aurait fait si j'avais refusé : ma queue était énorme, douloureuse. J'ai enlevé mon jeans en vitesse et je suis monté sur le lit, léchant rapidement l'anus souple avant d'y coller mon gland gonflé. Shirl s'est alors cambrée encore plus pour s'empaler sur ma bite. Son sphincter a résisté quelques secondes et a cédé d'un coup sous ma poussée. Ma queue s'est enfoncée de dix bons centimètres dans son rectum, lui arrachant un cri. Elle s'est raidie un instant. J'entendais ses halètements et le bruit obscène de ses babines humides qui clapotaient sous sa main. J'ai poussé encore et elle a crié, plus fort cette fois. Quelque chose a cédé dans son cul et ma bite s'est enfoncée jusqu'à la garde, mon ventre cognant contre ses fesses pleines et mes couilles contre ses doigts branleurs.

J'ai jeté un œil derrière moi, Walt était debout, un genou sur le lit pour mieux voir. Son visage était couvert de sueur, congestionné et lui aussi avait le souffle court. Dans la main droite, il tenait la matraque encore luisante et dans la gauche son pénis maigre au gland violacé.

— Défonce-la ! C'est ça qu'elle aime, cette pute, se faire bourrer le cul !

J'ai saisi Shirl aux hanches, plantant mes doigts dans les bourrelets charnus, et j'ai défoncé son cul, comme il le voulait, l'enculant à grands coups de reins, lui arrachant un cri à chaque poussée, regardant la chair rebondie de ses fesses trembler au rythme de l'enculage, excité de voir ma queue épaisse coulisser dans la rondelle rougie, distendue.

J'ai senti la matraque se poser sur mon épaule.

— Ça suffit, arrête !

J'ai repoussé Walt d'un coup de poignet, continuant à enculer Shirl qui gémissait.

— J'ai dit, casse-toi !

Il m'a donné un petit coup sec sur le coude et la douleur a irradié dans tout le bras. Il a recommencé sur mes côtes et je me suis recroquevillé. Il m'a repoussé vers le coin sans me regarder, les yeux rivés sur la croupe de Shirley. Son anus dilaté ne s'était pas refermé, il restait même béant comme un entonnoir de chair rouge et luisante.

Il a tendu le pelvis vers le cul défoncé de Shirl qui s'exhibait avec une complaisance étonnante, continuant à se branler pour lui autant que pour son propre plaisir. Puis, il a poussé un grognement et a déchargé, éjaculant de longs traits d'un sperme clair sur la chair lisse, poissant la raie, engluant l'anus élargi.

Il s'est retourné pour se rajuster, ne semblant plus faire attention à nous, et il est allé se servir une grande rasade de bourbon.

— Suce-le maintenant ! Suce-le ton petit Français !

Lentement, Shirley s'est redressée. L'air hagard, les yeux voilés et le corps couvert d'une mince pellicule de sueur.

— Attends ! Attends un peu, je veux que toi aussi tu jouisses en le suçant !

Il s'est approché du lit et a posé une main sur la nuque de Shirl, lui enfonçant le visage dans le couvre-lit. Il s'est penché sur elle.

— Je parie que tu aimes ça, les Noirs, hein ? Une grosse queue noire dans ton trou du cul, Shirley Purnell... Tiens, prends celle-là !...

Shirl était sans défense, soumise, le visage plaqué au lit, la croupe haute, offerte. Brutalement, il lui a enfoncé la matraque dans le rectum. Shirl a gémi.

— Et maintenant tu vas garder ça dans le cul pour aller le sucer !...

Elle a titubé jusqu'à moi, un bras derrière pour maintenir l'épais gourdin fiché dans son anus. Elle s'est mise à genoux avec précaution, une expression douloureuse sur le visage. Puis elle a commencé à reprendre son souffle, essayant même de repeigner ses cheveux fous, un sourire presque timide sur le visage. »

ALAIN BARRIOL, *Les Filles du campus*,
© Média 1000

« Markie, l'assistant bonne à tout, s'approche de Katherine dès qu'on lui ordonne de se mettre à plat ventre, et l'aide à présenter sa croupe sous l'angle le meilleur pour la caméra. On ajuste les lumières. La chaleur des projecteurs lui brûle les fesses. Markie lui éponge doucement le sexe et la raie pour sécher la transpiration et lui passe délicatement de l'huile sur l'orifice, avant d'enduire aussi le pénis de Steve, fièrement tendu à l'attention générale.

Katherine ferme les yeux. Elle n'a jamais été pénétrée par là. Forcée. Baisée. Sodomisée. Elle se rappelle ses nuits, à côté de son cocu de mari endormi, alors qu'elle ne rêvait qu'à une chose, au point d'en avoir le corps brûlant : transgresser l'interdit. Son amant avait eu tôt fait de découvrir combien elle était sensible à cet endroit, et ils avaient souvent parlé ensemble de la prendre par là. Après leur rupture, dans ces lettres désespérées qu'il lui écrivait dans l'espoir de la faire revenir, il lui avait révélé qu'il avait gardé pendant des semaines du beurre dans le Frigidaire de son bureau exprès pour cela.

Le cadreur fait le point.

"Moteur !"

Steve introduit un doigt dans son anus pour faire pénétrer l'huile. De l'autre main, il écarte ses deux fesses au maximum et place sa queue dure contre l'orifice en légère saillie. Pression initiale. Les muscles sphincters résistent, Steve ne progresse pas. Il saisit sa tige, en tient le corps serré entre ses doigts et entreprend de forcer l'anus. Son gland avance d'un centimètre, parvient à franchir l'anneau. Katherine a l'impression d'être constipée. Elle serre les dents. Sous l'effet du lubrifiant et à la suite d'une poussée plus brutale, la tête pénètre d'un coup.

L'Anglaise retient sa respiration.

"Ouais, bien. Allez-y lentement !" opine le cadreur, à moins que ce ne soit le réalisateur.

Elle se sent découpée en deux. Littéralement. Son orifice est transpercé. Elle s'est souvent caressée là, avec le doigt, mais ça, c'est comme si on lui avait foré les intestins à l'aide d'un couteau, d'un bâton, ou d'un canon de revolver.

D'un puissant coup de hanche, Steve parvient à surmonter l'obstacle. Sa queue pénètre sauvagement et vient s'empaler jusqu'à la garde.

Katherine pousse un hurlement.

C'est pire que tout au monde. Elle va s'évanouir. Mourir, pour en finir avec tout. Elle a l'impression que son esprit tout entier s'est focalisé sur son trou du cul où s'est fichée la queue longue et mince de Steve. Il a stoppé tout mouvement. Pourtant, elle sent son membre gonfler en elle, il enfonce ses parois, les force à reculer à l'intérieur de son corps.

"Gros plan ! Allez-y ! Remuez !" Steve entame un va-et-vient régulier à l'intérieur de ses entrailles. À sa grande honte, Katherine commence à éprouver une sorte de jouissance odieuse, une excitation qui l'irradie tout entière, de son trou perforé jusqu'aux profondeurs de son con et jusqu'au creux du plexus. Son cœur s'arrête de battre. Steve accélère son mouvement. À chaque sortie du cul, sa queue entraîne un peu de la chair interne de Katherine, chair intime, rose, tendue, chair soudée à la verge, qui jaillit à l'extérieur quand celle-ci se retire et rentre, à chaque nouvelle poussée. Son corps dégage des sécrétions de plus en plus abondantes, qui enduisent le gourdin de Steve ; un anneau de matière blanche et crémeuse se forme à la base.

"Mais c'est qu'elle a l'air de prendre son pied !" déclare une voix masculine. Les acteurs revenus dans la pièce fixent l'action.

— Ouais ! approuve Steve, sans interrompre pour autant son mouvement de piston. Le cul rêvé pour les introductions anales. Super, mec !

Un type vient se placer devant Katherine à genoux. Elle lève les yeux vers lui. Il commence à bander, son pieu se redresse peu à peu tandis qu'il regarde le Cubain fourrager les entrailles de Katherine en un martèlement cadencé et que celle-ci, projetée en avant, le cogne de la tête à chaque coup de boutoir.

"Qu'est-ce que tu dirais d'une double pénétration, mec ? demande le mateur au metteur en scène.

— Excellente idée !"

Katherine a la bouche toute sèche. Elle respire difficilement, hoquette.

"Hé, regarde, elle est rouge comme une pivoine" ! »

Maxime Jakubowski, *Ma vie chez les femmes*,
© Éditions Blanche

Et même pour être sûr que c'est ailleurs queue ça se passe, que la chair n'est plus qu'un tas de viande, on s'enfile un petit trip.
Histoire de faire délirer le cerveau pour de vrai.
Le sexe est une histoire connexe, qui intéresse à la rigueur ceux qui sont en bas qui ne savent pas encore comment se foutre en l'air pour de bon.
On dit une partie fine, comme on dit de l'or fin, mais là s'arrête la similitude. La partouze c'est l'exigence ordinaire du plaisir absolu.
Alors évidemment tout finit par un saccage. On a juste cru prouver qu'on pouvait tout faire.
Alors qu'on n'a même pas atteint l'infini
Et que quand ça s'arrête c'est le Néant.

« J'ai posé sur l'une des deux planches qui font office de table de chevet mon petit flacon de poppers, et j'ai enlevé mon peignoir. L'homme aux muscles était déjà nu et allongé. Je me suis allongé sur lui. Nous bandions tous les deux. Nous nous sommes embrassés. J'ai passé mes bras sous son torse, pour le sentir mieux contre moi. Je passais la bouche sur son cou, sa poitrine, son ventre, ou bien j'y prenais son sexe. Plus tard, nous avons été sur le côté, jambes emmêlées, mes mains sur ses avant-bras ou ses biceps. Puis moi sur le dos. Il s'est mis à genoux, sur le lit, et penché en avant m'a sucé le sexe. Je me suis alors emparé du petit flacon.

— C'est des poppers ?
— Oui. Tu en veux ?
— D'accord.

Je lui ai passé le flacon et il l'a respiré, mais assez vite.

— Ils ne sont pas très forts, il faut vraiment respirer à fond, et assez longtemps.

Je lui ai donné l'exemple.

Il s'est remis à me sucer, tout en me caressant la poitrine des deux mains. Je lui caressais les cheveux et les épaules, mais j'avais envie qu'il soit tout entier contre moi, et j'essayais de remonter son torse le long de mon corps. Il était agenouillé de part et d'autre de mes hanches, j'étais soulevé sur mes coudes et je léchais sa poitrine, ses pectoraux très ronds, très durs, très saillants, avec quelques poils épars, plutôt blonds. Puis j'ai glissé entre ses cuisses pour prendre à nouveau son sexe dans ma bouche. Je le suçais avec beaucoup d'entrain, allant aussi loin que je pouvais aller, son gland dans ma gorge à me faire presque étouffer, une de mes mains derrière ses couilles, l'autre sur ses fesses. Nous étions alors sous le plein effet des poppers, nos corps moites glissaient l'un contre l'autre, et je lui soulevai le bassin pour qu'il entre encore mieux dans ma bouche, bien qu'il soit beaucoup plus lourd que moi.

Tout d'un coup, presque violemment, il a sorti son sexe d'entre mes lèvres, et, en me soulevant entre ses bras, il m'a remonté le long du lit jusqu'à ce que ma tête soit dans l'angle de la petite chambre, mon corps en biais. Penché sur moi, il m'a embrassé très profondément. Nos salives se mêlaient, il devait même en couler sur nos joues. Puis il s'est agenouillé entre mes jambes et les a relevées, toujours avec la même énergie, avant d'enfouir sa tête entre mes fesses, qu'il écartait des deux mains. Mes pieds étaient sur ses épaules. Sa langue allait et venait entre mes fesses, où elle laissait autant de salive que possible, cela pendant cinq minutes peut-être. Il me serrait entre le pouce et l'index la pointe de chaque sein. Puis il a présenté son sexe devant mon cul. L'introduction ne se faisait pas bien, et j'avais mal. C'est pourquoi je l'ai encore sucé, en laissant à mon tour le long de sa bite, et à son extrémité, toute la salive que j'avais. Il a essayé à nouveau de s'introduire en moi, cette fois avec plus de succès, mais très lentement. Son sexe était vraiment très long, et large. Il était penché au-dessus de moi sur ses bras tendus, le revers de ses coudes contre le revers de mes genoux repliés. Mais d'une main j'ai attiré son visage contre le mien, pour qu'il m'embrasse, ce qu'il a fait, et très bien. Sa langue s'enfonçait très loin dans ma bouche, et me faisait désirer son sexe, qui à ce moment-là seulement est entré tout à fait en moi. J'ai de nouveau respiré les poppers, et lui aussi. Les mains libres, je lui caressais le dos, les fesses, et je serrais sa tête contre la mienne. Le mouvement régulier dont il m'enculait faisait sans cesse revenir mon corps vers le coin du lit et l'angle de la cabine [...] »

Renaud Camus, *Tricks*,
© P.O.L, 1988

« Il lui passa le garrot, et lui fit le shoot, avant de recommencer l'opération sur lui-même. Comme il n'avait pas pris d'héro depuis un moment, la sensation fut foudroyante. Il n'arrivait plus à se lever. Il retomba sur l'oreiller, mais il avait l'impression d'être en train de léviter dans les airs.

Angelita resta droite comme un *i* parce que son corps réagissait différemment à la drogue ; elle était complètement raide, défoncée jusqu'au bout des nibards, mais ça ne faisait que l'immobiliser davantage ; elle planait au-dessus de lui comme un nuage, ses mains glissaient vers le tee-shirt noir de Casio, qui s'envola sans effort sous ses doigts. Tout se passait au ralenti. Il mit ses bras derrière sa tête, et un sifflement comme celui d'une fuite de gaz retentit à ses oreilles... des lèvres rouges s'entrouvrirent pour laisser passer des dents qui agacèrent ses tétons raidis par la position des bras.

J'ai posé ma bouche cerise sur ses seins pour savoir quel genre d'homme c'était, et le bout de ma langue a couru sur une cicatrice d'arme blanche qui m'a révélé à qui j'avais affaire...

Le secret, pour bander, c'était de s'abandonner à elle. Il la laissa inventer la bite idéale qui la pénétrerait. Les lèvres remontèrent le long de la tige de chair jusqu'au renflement du prépuce pour l'exciter, décalottant le membre qui s'érigea lentement contre la cuisse nerveuse.

Et maintenant, si je pouvais me débarrasser du kimono en gardant les jambes collées l'une contre l'autre. Elle se renversa en arrière les genoux levés et tremblants, la paume ouverte plaquée sur ce qu'il ne devait pas voir, tandis qu'une vague de défonce le soulevait et qu'il s'abattait sur elle.

La poudre décréta qu'il n'y aurait ni dominant ni dominé, rien qu'un seul et même corps frémissant. Casio entra dans cette chair si tendre d'une façon différente de celle dont il avait l'habitude quand il prenait Monica, plus osseuse – plongeant profondément dans une source d'énergie, alors que l'héro lui donnait le temps de puiser à l'arrière de ses cuisses des réserves de défonce, affluant dans sa queue et ses couilles, à la rencontre de celle qui tournoyait à l'intérieur d'Angelita.

Beaucoup plus tard, le lendemain matin, il lui sembla soudain facile de retrouver sa virilité, de sauter du lit comme un athlète et de reprendre un rôle dominateur. Avec une pointe d'ironie, et des yeux sombres où le feu couvait encore, Angelita lui demanda quelques dollars, dans ce qui était presque une parodie de soumission.

Avant de sortir, pendant qu'il buvait de la bière et regardait une vidéo porno, elle eut un frisson rougissant, mais triomphal, quand il lui marmonna des menaces à voix basse et lui enjoignit de se tenir à distance respectable des autres types.

— Et qu'est-ce que tu vas faire si je désobéis ?

Pas de réponse. L'union tant désirée avait été réalisée. Pour faire l'amour, il fallait qu'ils se défoncent. Et cette fois, il n'y eut pas de dispute pour savoir à qui imputer la responsabilité de la dépendance croissante de l'un et de l'autre. »

Bruce Benderson, *Toxico*,
© Éditions Payot et Rivages, 1995

11

Du plaisir de la souillure

« Alors Camille, en toilette, robe de soie, jupon et chemise de dentelles, monta sur les chaises et mit un pied sur chacune d'elles. Ses jambes se trouvaient ainsi un peu ouvertes, et comme elle avait relevé ses jupons au-dessus de ma tête, je voyais jusqu'en haut de ses cuisses et j'apercevais le con qui commençait à s'entrebâiller.

— Est-ce que vous voyez bien, mon chéri ?
— Oui, mon amour, baissez-vous un peu...

Alors, elle se baissa lentement et progressivement en retroussant ses jupes au fur et à mesure. Je voyais la fissure rose s'élargir graduellement ; les petites lèvres apparaissaient, avec leur rougeur carminée ; le clitoris pointait au-dehors, et finalement, quand elle se fut baissée à fond, j'aperçus toute l'entaille de son con grande ouverte comme pour pisser. J'admirai le cul tout entier, blanc comme neige, où le con trônait rouge et noir dans la blancheur des chairs et des dessous. Aucun tableau n'est plus délicieusement lubrique que celui d'une jolie femme accroupie pour pisser, étalant franchement toutes les beautés de son cul dans un encadrement de dentelles.

Quand j'eus bien regardé, mon amie se redressa lentement, puis recommença jusqu'à ce que je fusse rassasié de ce spectacle.

Parfois, quand j'étais ainsi couché, je plaçais sur mon ventre une large cuvette. Alors, Camille venait s'accroupir au-dessus de ma tête en me tournant le dos ; elle relevait un peu les fesses, de sorte que je lui voyais à la fois le trou du cul et l'orifice délicat par où sortait l'urine.

Pendant qu'elle pissait, je lui pelotais le con. J'avais la main toute mouillée, mais je l'essuyais et lui essuyais ensuite le con, dont les poils étaient emperlés d'urine.

Dans tous ces caprices, elle était l'obéissance même ; elle ne changeait jamais de posture avant que je lui eusse dit d'en prendre une autre et elle répondait à toutes mes questions avec une franchise adorable.

Je n'ai jamais perdu cette passion d'aimer voir pisser une femme ; mais à cette époque j'étais trop impatient de varier les amusements que peuvent se donner, en pissant l'un devant l'autre, un homme et une femme. Il était réservé à mon âge mûr d'éprouver toutes les formes de ce plaisir spécial avec d'autres femmes, notamment avec une Française du nom de Gabrielle et une de mes compatriotes nommée Sarah.

J'avais baisé Camille de toutes les manières, sans cependant l'avoir jamais enculée. J'avais déchargé entre ses fesses, mais sans la moindre intention d'envahir le trou du cul. En fait, j'éprouvais un certain dégoût à regarder le trou du cul d'une femme.

À la fin, je la baisai en aisselle : elle avait des bras splendides et sous chacun d'eux une profusion de poils noirs que j'admirais beaucoup. Un jour qu'elle avait ses règles, je commençai à la baiser entre les deux tétons. Elle me dit alors de prendre une autre femme, mais je ne voulus pas.

De ses tétons, je passai à ses aisselles, puis revins à ses tétons. Pendant ce temps, elle se mouilla sous le bras avec du savon et je la baisai alors en aisselle en déchargeant copieusement.

Nous recommençâmes plus d'une fois. Elle aimait à se mettre pour cela dans une posture *ad hoc* : je mettais une feuille de papier blanc en dessous, je pénétrais plus avant, de manière à libérer la tête de mon membre et tout mon foutre s'écrasait sur le papier blanc.

Quelquefois, au lieu de mettre du papier, je recueillais le jus dans ma main et, avant que fût finie ma frénésie de luxure, je frottais ma main toute couverte de sperme sur le con de mon amie, puis je m'affaissais sur le lit et m'abandonnais au sommeil.

Je la prenais aussi au bord du lit, son cul tourné vers moi : alors elle se tortillait peu à peu pour se retourner, arrivait à passer une jambe par-dessus ma tête et se mettait elle-même sur le dos sans faire sortir mon membre.

Il fallait que cette gymnastique se fît graduellement, car une secousse de trop et ma verge eût quitté son logement. Je pariais souvent qu'elle ne réussirait pas, mais elle était si souple qu'elle arrivait presque toujours à se retourner et à gagner le pari.

— Allons, disait-elle. Attention, maintenant, poussez ! Gardez-la bien dedans... tenez bien... Je vais lever la jambe.

Elle criait un peu au passage difficile : c'était quand elle avait mis son cul de côté, par rapport à moi, et qu'il lui fallait lever la jambe sans perdre le contact de ma queue avec son vagin. À ce moment-là, je lui appliquais les deux mains bien sur les hanches, je poussais mon ventre en avant pour que ma pique entrât plus profondément, tandis qu'elle levait une jambe graduellement et pressait son cul contre mon ventre. Ainsi, peu à peu, elle arrivait à se mettre sur le dos, les deux jambes dans une position naturelle appuyées sur chacune de mes hanches.

Pendant toute l'opération, je me sentais délicieusement ému et, d'une plongée ou deux, j'arrivais au spasme final.

Finalement, à force de jouer ainsi des couilles dans toutes les positions possibles, je devins expert en cochonneries beaucoup plus que ne le sont la plupart des hommes de mon âge et, naturellement aussi, je devins absolument flapi. »

ANONYME, *Ma vie secrète*,
© Stock

« L'homme observait cette superbe courbe des hanches qui, ce jour-là, le fascinait. Quelle superbe chute de hanches ! Comme elle s'évasait sur la lourde rondeur des fesses ! Et au milieu, enveloppées dans la chaleur secrète, les entrées secrètes.

Il lui caressa le cul, longuement, épousant longuement et subtilement les courbes et la plénitude des globes.

"T'as un si beau cul, dit-il avec l'accent guttural et caressant du patois. Y en a pas deux pour en avoir d'aussi beau. C'est le plus beau cul d'femme du monde. Un vrai cul d'femme, y a pas à s'tromper. Pas un d'ces culs en noyau d'pêche qu'ont ces filles qu'on prendrait pour des gars ! Ton cul, l'est bien arrondi, le genre de cul qui plaît aux hommes, qui les prend aux tripes ! Un derrière à faire bander la terre entière !"

Tandis qu'il parlait, sa caresse effleurait les rondeurs qui, au bout d'un moment, communiquèrent à ses mains une sorte de feu liquide. Et le bout de ses doigts toucha les deux ouvertures secrètes de ce corps, tour à tour, en un doux effleurement de flamme.

"Et que tu chies ou que tu pisses, je m'en réjouis. Je n'ai rien à faire d'une femme qui ne peut ni chier ni pisser."

Connie ne put réprimer un brusque éclat de rire stupéfait, mais il continuait, imperturbable :

"Toi, t'es vraie, t'es vraie, même un peu salope. C'est par ici qu'tu chies, et ici qu'tu pisses. J'les ai tous deux en main, et c'est pour ça qu'tu m'plais". »

D.H. LAWRENCE, *L'Amant de Lady Chatterley*,
traduction de Pierre Nordon,
© Librairie Générale Française, 1991

« — C'est bien, ce que tu vois ? Ça te console de tes déconvenues de petit garçon ?... Attends. Ce n'est pas fini !... Je m'arrête juste un peu, pour faire durer le plaisir, le tien et le mien. Regarde bien : j'ai coupé l'eau, tout fermé, tout serré. Il suffit de se contracter très fort. Même le con, ça le ferme. Ça remonte le périnée, ça durcit la chair. Puis je relâche : j'ai l'impression de me déployer, comme les fleurs qu'on filme au ralenti, un gros nénuphar qui s'étire, un papillon qui ouvre ses ailes, une anémone de mer qui respire... Ne regrette pas l'Italie, je vais te faire les jeux d'eau de la villa d'Este. Tiens : une petite source !... Plus fort ? Je sais, il faut pousser et ça gicle. Et je m'arrête encore. Ça rend fou. Je me branlais comme ça, quand j'étais petite, au cabinet. Je me détraquais la pissette. Je m'amusais à des douches intermittentes, à des geysers capricieux. Tu l'as repérée, la toute petite pomme d'arrosoir ? Regarde bien : ovale, nacrée, un peu dure. Regarde, elle déborde ; je te fais une goutte, une larme blonde. Celle-là, elle n'ira pas loin : elle va glisser le long de la rigole et me mouiller plus bas. Elle me chatouille. Tu es content de ton gros plan, de ton urètre féminin en action ? Dis ? C'est une première fois, ça, hein ?... Tu comprends, le difficile, c'est de produire une seule goutte à la fois ? Se décontracter, se sentir gonfler sous la pression. Ouvrir doucement, doucement. Une goutte, une seule, et hop ! on referme tout de suite la vanne. Ça produit une frustration démoniaque, un grand frisson, et, finalement, ça excite partout... Ah ! toi aussi, ça t'excite, hein ?

On s'offre un intermède assez cochon, tous les deux, non ? Je te ressers une petite goutte ?... »

Françoise Rey, *Nuits d'encre,*
© Françoise Rey

« Mais il était d'*abord* cette chaleur, cette insécurité palpitante, ce paquet de matières mouillées qui glougloutaient dans ses intestins. Il y eut un silence ; elle rêvait près de lui, fraîche et neigeuse ; il leva la main avec précaution et la passa sur son front moite. "Han !" gémit-il tout à coup.

"Qu'est-ce qu'il y a ?

— Ça n'est rien, dit-il. C'est mon voisin qui ronfle."

Ça l'avait pris dans le ventre comme un fou rire, cette sombre et violente envie de s'ouvrir et de pleuvoir par en bas ; un papillon éperdu battait des ailes entre ses fesses. Il serra les fesses et la sueur ruissela sur son visage, coula vers ses oreilles en lui chatouillant les joues. "Je vais tout lâcher", pensa-t-il, terrorisé.

"Vous ne dites plus rien, dit la voix blonde.

— Je... dit-il, je me demandais... Pourquoi avez-vous eu envie de me connaître ?

— Vous avez de beaux yeux arrogants, dit-elle. Et puis je voulais savoir pourquoi vous me haïssiez."

Il déplaça légèrement les reins, pour tromper son besoin. Il dit :

"Je haïssais tout le monde parce que j'étais pauvre. J'ai un sale caractère."

Ça lui avait échappé sous le coup de son

envie ; il s'était ouvert par en haut : par en haut ou par en bas, il fallait qu'il s'ouvrît.

"Un sale caractère, répéta-t-il en haletant. Je suis un envieux."

Il n'en avait jamais tant dit. À personne. Elle lui effleura la main du bout des doigts.

"Ne me haïssez pas : moi aussi, je suis pauvre."

Un chatouillement lui parcourut le sexe : ça n'était pas à cause de ces doigts maigres et chauds sur le gras de sa main, ça venait de plus loin, de la grande chambre nue, au bord de la mer. Il sonnait, Jeannine arrivait rabattait les couvertures, lui glissait le bassin sous les reins, elle le regardait se liquéfier et quelquefois elle prenait Master Jack entre le pouce et l'index, il adorait ça. À présent, sa chair était bien dressée, l'habitude était prise : toutes ses envies de chier étaient empoisonnées par une langueur acide, par l'envie pâmée de s'ouvrir sous un regard, de béer sous des yeux professionnels. "C'est *ça* que je suis", pensa-t-il. Et le cœur lui manqua. Il avait horreur de lui, il secoua la tête et la sueur lui brûla les yeux. »

Jean-Paul Sartre, *Le Sursis,*
© Éditions Gallimard

« J'arrache les boutons de sa robe – j'arrache son soutien-gorge. Ils sont chauds, je les croque. Elle proteste. Je la bascule sur le dos – et je rentre. Elle se tait – les yeux révulsés. Ça se voit qu'on l'a jamais gâtée comme ça, Sonia Permanente. Elle repart – elle veut. Le Désir – y a plus que ça. Pour elle – plus que ça au monde. Se faire baigner le cul – et la chatte. Elle m'attire

– m'agrippe. Donne des coups de reins, écrase ses seins contre moi. Je m'active – mon cœur suit plus. Elle crie – son plaisir. Salope, elle croit que c'est fini. Non mais quoi – je lui mets une tarte. Et je la force, elle lutte. Puis s'ouvre – mais je jouis à sec. Comme quand j'étais – lardon. Je m'écroule – raide comme la mort. Dans le con – de Sonia Permanente.

C'est merveilleux – elle fait. Je t'aime, x.

Ah non – je dis.

Je me lève – et je lui pisse dessus.

Tiens, prends ça – je dis. Tu m'aimes toujours ?

Elle s'échappe – je continue de pisser là. Pourquoi pas ?

Elle est – abasourdie. Et puis elle se met à rire.

Arrête – elle dit. Arrête.

J'ai pas d'arêtes – je dis. Et toi, t'as un trou, alors pisse. Toute façon, t'es au chômage dans pas longtemps.

Elle hésite – puis elle se fout à quatre pattes. Et pisse – ça me plaît bien. Je fous ma queue qui pisse dans son chat qui pisse – on se poile.

PISSE PISSE ET YOP LA BOUM, Charles.

T'es une chouette fille, Sonia. Je savais pas ça.

Tu savais rien – elle répond.

Je me remets à bander – comme en l'an Mille.

Je vais me la couper – je dis. C'est pas vivable.

Fais pas ça – elle fait. Elle est trop bonne. »

RICHARD MORGIÈVE, *Sex Vox Dominam,*
© Calmann-Lévy, 1995

« Nous sommes chez moi, dans mon lit. Nous avons amené la télé. Nous l'avons allumée en coupant le son. Il fait nuit. L'écran diffuse une lueur blanche et bleue qui rend la chair plus secrète, plus poignante. Paule n'a jamais été si charnue, si longue en son bel enroulement de fesses et de mamelles que dans ce clair de lune. Elle glisse sa belle vulve ombreuse, son beau pelage le long de ma queue. J'aime ses deux seins offerts à cet instant. Puis on se renverse. Je l'enfile par-derrière, le membre dans le con et l'œil clouant la croupe. Je lui annonce que je vais changer de créneau. Elle proteste et refuse par jeu, pour m'exciter et s'exciter. Elle chuchote des non... non... non... qui sont des ni oui ni non... plutôt des non pas encore... redis-moi que tu vas m'enculer... redis-le-moi encore...

Au moment où je rentre je lui demande de chier. Elle s'immobilise de gêne et de désir. Jamais elle n'est si pure, si tentante, si salace qu'en ces moments de saisissement marmoréen. Je lui répète l'ordre. Elle hésite. Elle émet un petit rire nerveux. Son beau visage pâle d'agenouillée se retourne de côté pour protester :

— Ça ne va pas non ?...

Mais elle prononce ces mots d'un ton qui me laisse entendre qu'elle ne comprend que trop bien mon désir. J'insiste. Je lui prends les seins brutalement comme elle aime, je lui dis que je suis un singe enfourché dans son cul. Ça elle adore. Je la sens qui s'actionne et manœuvre l'échine. Elle pousse des souffles de plaisir comme quelqu'un qui jouit d'une douche céleste, sacrément vivifiante. Rabelaisienne colombe. Et tout à coup, je sens la chose, la contraction, l'avènement pharamineux, je me retire, elle expulse une ineffable petite sœur des crottes dures et rebelles qui surnageaient dans les toilettes, affirmant sa marque et sa révolte. Je salue ces petits fanions noirs du souvenir, caillasse graveleuse et sombre dont elle jalonnait son passage. Je retrouve le contour pimpant et sadique des billes de rage et de triomphe, leur secrète demande aussi d'amour et de pardon. Comme s'il fallait aimer Paule jusque dans sa honte, cet ébauche d'échange, cet appel, ce qui-suis-je ?... Je rebouche le trou d'un membre outrancièrement dardé. Elle gémit de plus belle. Elle jouit. J'éjacule dans la merde de Paule. L'étron de ma reine répand une odeur sournoise. Nous sommes soudain confrontés à cette présence suprême. Estomaqués par l'obscène, matraqués par cette éclosion ravageuse, nous refluons. Silence. Nous ne sommes pas à la hauteur de notre audace. Notre culot s'effondre. Une gêne remplit la chambre ignoble. Nous ne savons plus que faire. Nous refusons notre abandon. Nous n'avons de cesse de l'effacer. Nous avons peur de nous dissoudre dans cette nappe d'enfance. Nous nous levons soudain. Elle revient de la salle de bains avec du papier, une éponge, un désodorisant. Il s'agit d'extirper au plus vite les traces du délit, les vestiges de notre périlleuse orgie. C'est fait. Nous restons couchés l'un contre l'autre. Elle me souffle :

— On devient dingues...

Je lui dis que ce n'est rien, qu'on est bien timorés au fond, qu'on manque de cochonnerie héroïque. Elle rit, moi aussi je ris. On se recivilise. Je sens que notre petite incartade excrémentielle sera sans lendemain. Irréversible est le chemin de la décence et de la norme. »

Patrick Grainville, *Le Paradis des orages,*
© Éditions du Seuil, 1986

« Puis, me tournant le dos, elle se plaça à croupetons sur moi, son postérieur suspendu au-dessus de ma tête, menaçant de m'écraser, une légère pièce de lingerie n'en découvrant que la fente : je la suppliais de me battre, de me déchirer afin que l'excitation tienne en échec ma répulsion, je lui demandais une mise en scène sauvage, grandiose qui me sauve de l'horreur, d'une envie panique de m'esquiver. Rebecca me préparait verbalement à la communion accompagnant chaque effort d'une parole, commentant chaque mouvement de ses viscères. "Mange, murmurait-elle, je suis ronde et luisante, régale-toi de mes boyaux, déguste-moi lentement, mange la boue que tu seras un jour, mange ton futur cadavre." J'étais en transes comme en face de la mort, sur une lame de rasoir, prêt à basculer dans l'épouvante ou l'extase, conscient d'accomplir une expérience capitale. Je devais avoir des yeux d'halluciné ; par ces orifices d'où me venait tout un monde d'outrances, je sentais la proximité d'appétits monstrueux, un appel obscur vers les matières enfouies sous le cuir chaud, et je crois que machinalement j'ouvrais la bouche et salivais. Si des relents d'aversion refluaient à mon cerveau, je les chassais en pensant aux fleurs noires qui s'épanouissaient dans les intestins de ma maîtresse, à toute cette nuit dont elle allait me gratifier en de fabuleux bouquets. Il y eut quelque chose d'effrayant quand l'œil aveugle de son cul s'ouvrit démesurément et que les deux fessiers s'écartelèrent dans un effort terrible pour vomir soudain, telle une flèche molle, un étron gigantesque. Un instant, j'eus le sentiment, comique à vrai dire, que son derrière me tirait la langue, qu'un petit bonhomme me faisait un pied de nez, puis la chose me tomba sur le menton avec un bruit mat et flasque. Je portai à mes lèvres un fragment de ce fromage d'immondices qui s'égouttait dans mon cou, c'était chaud, visqueux, infâme, j'étais écœuré mais sauvé, j'avais franchi le pas, surmonté ma peur, je m'étais colleté à cette morve noirâtre et puante. »

PASCAL BRUCKNER, *Lune de fiel,*
© Éditions du Seuil, 1981

12

De l'extase, du blasphème

« Il est essentiel de prononcer des mots sales dans l'ivresse du plaisir et ceux du blasphème servent bien l'imagination. Il faut qu'ils scandalisent le plus possible, car il est doux de scandaliser. »

MARQUIS DE SADE

*

La souillure, c'est comme les eaux que la femme vient de perdre, ce sont les fonts baptismaux du monde.
C'est pas qu'on ne respecte rien. C'est qu'au contraire, on sait.
Puisqu'il s'agit d'enfreindre ce qui est là.
C'est la force du blasphème. C'est qu'il y a un affrontement titanesque.
L'amour physique c'est comme s'il s'agissait d'étreindre la mort.
C'est le baiser au lépreux.
D'ailleurs la religion, c'est une épidémie qui a pris, et qui ne nous était pas nécessaire, sinon que nous devions nécessairement nous affronter avec

ce va-et-vient qui lie le sacré à l'impie, l'extase à la profanation.
Dans ce moment où les deux extrêmes se rejoignent, comment ne pas vomir avec fureur le cri de Dieu : C'est l'orgasme.

« Le lendemain, il se trouva à l'église à l'heure qu'elle allait à la messe. À l'entrée il lui donna de l'eau bénite, s'inclinant profondément devant elle ; après il s'agenouilla auprès d'elle, familièrement et lui dit : "Madame sachez que je suis si amoureux de vous que je n'en peux plus ni pisser, ni fienter. Je ne sais comment vous l'entendez ; s'il m'en advenait quelque mal, qu'en serait-il ?" "Allez, dit-elle, allez, je ne m'en soucie pas ; laissez-moi ici prier Dieu." "Mais, dit-il, équivoquez sur *A. Beaumont-le-Vicomte.*" "Je ne saurais", dit-elle. "C'est, dit-il, *À beau con le vit monte.* Et sur ce, priez Dieu qu'il me donne ce que votre noble cœur désire"... »

Rabelais, *Pantagruel roi des dipsodes restitué à son naturel avec ses faits et prouesses épouvantables composé par feu M. Alcofribas abstracteur de quinte essence*

« Dolmancé. — Donnez-moi votre cul, madame... Oui, donnez-le-moi, que je le baise pendant qu'on me suce, et ne vous étonnez point de mes blasphèmes : un de mes plus grands plaisirs est de jurer Dieu quand je bande. Il me semble que mon esprit, alors mille fois plus exalté, abhorre et méprise bien mieux cette dégoûtante chimère ; je voudrais trouver une façon ou de la mieux invectiver, ou de l'outrager davantage ; et quand mes maudites réflexions m'amènent à la conviction de la nullité de ce dégoûtant objet de ma haine, je m'irrite et voudrais pouvoir aussitôt réédifier le fantôme, pour que ma rage au moins portât sur quelque chose. Imitez-moi, femme charmante, et vous verrez l'accroissement que de tels discours porteront infailliblement à vos sens. Mais, doubledieu !... je le vois, il faut, quel que soit mon plaisir, que je me retire absolument de cette bouche divine... j'y laisserais mon foutre !... Allons, Eugénie, placez-vous ; exécutons le tableau que j'ai tracé, et plongeons-nous tous trois dans la plus voluptueuse ivresse. (*L'attitude s'arrange.*)

Eugénie. — Que je crains, mon cher, l'impuissance de vos efforts ! La disproportion est trop forte.

Dolmancé. — J'en sodomise tous les jours de plus jeunes ; hier encore, un petit garçon de sept ans fut dépucelé par ce vit en moins de trois minutes... Courage, Eugénie, courage !...

Eugénie. — Ah ! vous me déchirez !

Mme de Saint-Ange. — Ménagez-la, Dolmancé ; songez que j'en réponds.

Dolmancé. — Branlez-la bien, madame, elle sentira moins la douleur ; au reste, tout est dit maintenant : m'y voilà jusqu'au poil.

Eugénie. — Oh ! ciel ! ce n'est pas sans peine... Vois la sueur qui couvre mon front, cher ami... Ah ! Dieu ! jamais je n'éprouvai d'aussi vives douleurs !...

Mme DE SAINT-ANGE. — Te voilà à moitié dépucelée, ma bonne, te voilà au rang des femmes ; on peut bien acheter cette gloire par un peu de tourment ; mes doigts, d'ailleurs, ne te calment-ils donc point ?

EUGÉNIE. — Pourrais-je y résister sans eux !... Chatouille-moi, mon ange... Je sens qu'imperceptiblement la douleur se métamorphose en plaisir... Poussez !... poussez !... Dolmancé... je me meurs !...

DOLMANCÉ. — Ah ! foutredieu ! sacredieu ! tripledieu ! changeons, je n'y résisterais pas... Votre derrière, madame, je vous en conjure, et placez-vous sur-le-champ comme je vous l'ai dit. (*On s'arrange, et Dolmancé continue.*) J'ai moins de peine ici... Comme mon vit pénètre !... Mais ce beau cul n'en est pas moins délicieux, madame !... »

MARQUIS DE SADE, *La Philosophie dans le boudoir,*
10/18

« Mon cher petit frère,

Tu ne peux savoir combien je regrette que tu aies ainsi embrassé la carrière ecclésiastique ! Combien je souffre de t'y voir persévérer, malgré mes conseils, exhortations, malgré mes insultes ! Combien je rougis de honte à la lecture de chacune de tes lettres : tu appelles sur moi la bénédiction de la Vierge, et j'enrage de te voir te vautrer dans la boue catholique, toi qui montrais tant de talents... Un jour peut-être te demandera-t-on des comptes, si j'en crois ces paraboles que tu ne comprends plus à force de les lire.

Voilà ce que je voudrais te montrer aujourd'hui : tu as des yeux et tu ne vois plus. Tu as épousé la cécité, l'impuissance et l'inutilité. Dieu se moque de toi, ne le comprends-tu donc pas ? Avec tes archevêques, tes processions, ton encens, tes paroles rituelles, tes étoles et tes burettes, ton saint-chrême et tes sermons, tu emboîtes le pas d'une cohorte de misérables, d'indécrottables imbéciles dont Dieu se rit.

Oui, j'ai bien échoué avec toi. Je te parle et tu ne m'entends plus. Quelle pitié ! Tu m'échappes et tu te perds.

Je vais te les montrer, toutes ces saintes que tu vénères, ces "bienheureuses" : la Madeleine du Caravage, l'épaule nue, la bouche entrouverte, les yeux révulsés ; celle de Simon Vouet, le sein lumineux, les lèvres en sourire ; la sainte Thérèse du Bernin, lovée dans ses plis de marbre qu'un amour ailé froisse d'une main spirituelle, les paupières mi-closes, la bouche semblant exhaler un souffle de plaisir ; la bienheureuse Ludovica Albertone, du Bernin également, étendue sur son sofa, une main sur le ventre, une autre se pétrissant le sein, et toujours cette tête rétroversée, cette bouche ouverte ; ces multiples extases de sainte Thérèse, celle de Francesco del Cairo, celle de Sébastien Ricci, qu'on dirait une apothéose... Mais tu ne les connais donc pas ? À quoi passes-tu ton temps, dans ton séminaire romain ?

Tu pourrais aussi lire. Tu ne savais pas, j'en suis sûr, que le Christ disait à sainte Marguerite :

"Mon cœur est si passionné d'amour pour tous les hommes et pour toi en particulier que, ne pouvant plus contenir en lui-même les flammes de son ardente charité, il faut qu'il les répande en toi." Il lui disait aussi, mais tu l'as oublié : "Voilà le lit de mes chastes amours où je te ferai consommer les délices de mon amour." Comme disait Stendhal, pour qui certaine femme pieuse n'avait point de secret, "rien de plus beau qu'une femme qui prie". Mais cela fait belle lurette que tu ne regardes plus les femmes, en prières ou en extase. Tu ne vois plus leurs jambes arpenter la terre. Tu ne sais pas comme c'est beau. Et de l'orgasme, tu ne sais que les visages pâmés des mystiques.

[...]

De même qu'il est absurde d'établir une différence entre l'acte sexuel à deux et l'acte sexuel solitaire, il est impossible d'établir une différence de nature entre la jouissance de la mystique et celle de la femme dans le lit de son amant. Ainsi écrit Angèle de Foligno : "En cette connaissance de la croix, il me fut donné un tel feu que, debout près de la croix, je me dépouillai de tous mes vêtements et m'offris toute à lui." Inutile de t'en dire plus...

L'extatique, comme son double noir, la possédée, est habitée par Dieu (la possédée, par le Démon). Là est le point que tu ne dois pas perdre de vue : quelqu'un est en elles. Elles ont été pénétrées. Le but est celui-ci : être prise, jamais prendre. C'est ainsi qu'il y a tant de mystiques femmes. Elles appellent la mort avec impatience, elles appellent Dieu avec le même désir furieux, comme d'autres appellent le membre de l'homme. Et tandis que lui désire pénétrer, percer, autrement dit tuer, elles veulent être pénétrées, percées, tuées. On retrouve ainsi ce mot que je te citais : perdre la tête. On perd la raison, à défaut de la vie. Les extatiques tendent les bras vers le néant, qu'elles appellent de toutes leurs forces. C'est ainsi que se réalise l'union d'amour. »

JACQUES DRILLON, *Le Livre des regrets,*
© Actes Sud, 1990

13

De la sodomie

« DIDIER. — Il fait bien l'amour ?

JULIETTE. — Je sais pas s'il fait bien l'amour, mais j'adore le faire avec lui.

DIDIER. — Pourquoi ?

JULIETTE. — Tu veux savoir ?

DIDIER. — Oui.

JULIETTE. — D'abord il m'encule, toi tu m'enculais jamais.

Elle boit une gorgée d'eau.

DIDIER *(blême)*. — Je savais pas que tu aimais être enculée.

JULIETTE. — Moi non plus. Il y a juste un truc, ça m'a un peu terrifiée... en jouissant, il tire la langue.

DIDIER *(hagard)*. — Il tire la langue.

JULIETTE. — En fait je trouve ça mignon. Maintenant, je trouve ça mignon. Il m'a d'abord baisée normalement, bien, longtemps... Un peu consciencieusement... C'est quand j'ai joui, il s'est retiré, il m'a mis sa queue entre les fesses...

DIDIER *(défait)*. — D'accord.

JULIETTE. — Non mais j'avais peur, j'avais le cœur qui battait très très fort, je me suis rétractée. Du coup il a commencé à enlever sa queue de mon cul... et ça... ça m'a rendu complètement folle... je me suis mise à hurler... Là, il me l'a mise à fond. C'était énorme, mais c'était bon, tu peux pas savoir. Non, évidemment, tu peux pas savoir. Je m'étais complètement épanouie, dilatée. J'avais juste peur de pas m'être lavé assez bien le cul. (*Un temps*) J'avais raison, d'ailleurs.

Elle boit une gorgée d'eau, rêveuse.

JULIETTE. — Sur le drap... Ça faisait comme du café au lait... La honte totale.

Didier ressemble au chat de Tex Avery après l'avalage de la dynamite.

DIDIER. — Attends... Tu veux dire, vous avez fait ça sans mettre de...

JULIETTE. — Non, mais il a fait le test, il est négatif.

DIDIER *(faiblement)*. — Comment tu sais qu'il est négatif ? Comment tu sais ?

JULIETTE. — Il sort d'une rupture, une histoire qui l'a fait énormément souffrir, il avait pas fait l'amour depuis deux mois.

DIDIER. — Qu'est-ce que tu en sais ? Tu as la preuve ?

JULIETTE. — Je sais qu'il a atrocement souffert. Abominablement. Il a même cru qu'il resterait impuissant.

DIDIER. — Bien sûr, un type tellement sensible,

tellement délicat... qui t'encule... Et puis même, qu'est-ce que c'est deux mois...

JULIETTE. — Écoute, j'ai pas envie de parler de ça. En tout cas c'est fait. Fait et refait.

DIDIER. — Et ça va continuer...

JULIETTE. — Oui.

DIDIER. — Je comprends pas, tu dis que tu m'aimes.

JULIETTE. — Mais oui, je t'aime. Ça n'a rien à voir. »

PASCAL BONITZER, *Rien sur Robert*,
© Cahiers du cinéma

« Ce fut avec Brigitte que la sodomie me révéla l'infinie variété des plaisirs que peut dispenser un anus complaisant, car Brigitte adorait se faire enculer.

Lorsqu'elle me rencontra, Brigitte n'était pas sans expérience amoureuse – son premier amant en avait même fait une excellente fellatrice – mais elle possédait toujours son pucelage postérieur.

Je lui ravis rapidement cet anachronique titre de vertu, en mettant à l'opération les ménagements souhaitables, et tout se passa fort bien. Mais ce ne fut que progressivement que son anus devint le siège premier de nos ébats, au point, sur la fin de notre liaison, de polariser l'essentiel de nos activités amoureuses. Non que nous n'usions plus de sa bouche et de son ventre ; mais aucune étreinte ne pouvait omettre une incursion, même brève, de mon membre dans son divin trou du cul.

J'y revenais toujours, j'en étais obsédé. Ma verge semblait irrésistiblement attirée par cette étoile brune qui savait si bien s'ouvrir pour l'aspirer, la masser, la sucer, la branler...

Nous pulvérisâmes ensemble mes records d'endurance dans le limage. Alors que l'étreinte de mes précédentes maîtresses me menait 9 fois sur 10 à l'éjaculation en quelques minutes, je pistonnais souvent un grand quart d'heure dans son cul. Le plus étonnant reste que cette lenteur à jouir ne me causait ni ennui ni agacement, contrairement à ce qui se passait lors des rares fois où, avant de connaître Brigitte, je jouais les amants laborieux et patients avec une de mes maîtresses.

Je prenais au contraire un plaisir extrême à m'acharner longuement dans les fesses de Brigitte. Mon ventre tambourinait avec volupté sur cette croupe mouvante, mon gland aimait à se rafraîchir à l'extérieur de l'anus avant d'y replonger avec fougue, mes couilles se balançaient gaiement sur le périné, et lorsque je sentais, enfin et pourtant trop tôt, le sperme monter dans ma verge, je m'enfonçais de tout mon poids au plus profond de ce cul tressautant.

L'éjaculation m'immobilisait quelques secondes. La présence du corps de Brigitte entre mes bras se faisait alors plus intense que jamais : je sentais son anus palpiter autour de la base de mon membre, comme pour en extraire la dernière goutte de sperme ; mon ventre se pressait contre la chaude fermeté des fesses ; ma bouche se noyait dans les mèches folles de sa nuque et ma tête s'emplissait du parfum de ses cheveux.

Lorsque je déculais, les reins brisés et le souffle court, et m'affalais à ses côtés, j'avais encore envie de l'embrasser, de la pétrir, de la prendre, et seule la fatigue arrêtait la machine à enculer que j'étais devenu.

Je vois deux raisons à l'intensité du plaisir que je prenais à sodomiser Brigitte.

L'une, banale puisqu'exclusivement physique, tient aux différences anatomiques entre vagin et anus. Alors que le vagin enserre tout le corps de la verge et masse celle-ci sur toute sa longueur à chaque mouvement, l'anus ne débouche que sur la vaste cavité du rectum où la verge se perd et seul le sphincter branle la hampe, le gland n'étant caressé qu'épisodiquement. Les effets de friction de l'enculage sont donc bien inférieurs à ceux d'un coït vaginal, et l'éjaculation en est retardée d'autant.

L'autre raison relève du sentiment, et donc du hasard : j'étais très amoureux de Brigitte. »

GUILLAUME FABERT, *Autoportrait en érection*,
© Régine Deforges

« Chaque nuit, elle prenait ma queue avide dans sa bouche avant d'y empaler son cul blanc ; une larme perlait à sa paupière quand la douleur devenait trop intense, mais elle ne me demandait pas d'arrêter. Jamais. Bien que cet acte fût probablement puni par la loi dans l'État où nous séjournions.

Géographie de l'anus de Kate. À la différence des femmes, en général, la peau qui encerclait son ouverture n'était pas plus sombre, mais au contraire étrangement pâle, de la même couleur que le reste de son corps, et ne devenait d'un rouge profond que sous l'effet de la friction, quand je la pénétrais et que les muscles de son sphincter se rebellaient contre mon intrusion. Je me demandais parfois par quel hasard je réussissais à m'y introduire totalement et à satisfaire notre désir suprême. De taille moyenne, ma verge augmente beaucoup quand elle est gorgée de sang, de sorte que, pour briser sa résistance et permettre à mon gland de franchir sa crevasse circulaire, je devais tenir ma hampe serrée dans mes doigts, et repousser le sang vers la tête, tout en veillant à garder le corps entier rigide. J'ai vu dans des revues et au cinéma des Noirs avec des verges d'une longueur phénoménale et grosses comme des troncs de bonsaï et, au risque de paraître politiquement incorrect, j'ai souvent fantasmé sur la capacité des femmes à accueillir de tels engins. À l'arrière, notamment. Les blondes, en particulier. »

MAXIME JAKUBOWSKI, Ma vie chez les femmes,
© Éditions Blanche

« Alice a avalé la moitié de son bourbon d'un coup, comme si c'était un médicament. Sa respiration était redevenue normale, mais ses joues étaient toujours colorées. Je me suis assis à côté d'elle et, tout en parlant, j'ai commencé à lui caresser les jambes, remontant peu à peu vers l'intérieur des cuisses où sa peau était lisse et tendre. Du bout des doigts j'ai écarté ses poils, entrebâillé ses grosses lèvres. Elle était mouillée, très mouillée et ses yeux s'éclairaient au fur et à mesure que j'explorais son sexe. Je sentais ma queue gonfler lentement.

— Oh, Eric, j'aimerais tellement être sûre de tes sentiments...

— Alice, tu sais bien que je t'aime !

J'ai posé mon verre et je me suis allongé sur elle. Elle a guidé ma queue dans son vagin, brûlant, trempé.

Elle relevait haut les cuisses, ses mollets sur mes reins, me plaquant au fond de sa chatte, gémissant déjà. J'ai glissé les mains sous ses reins, palpant ses fesses dodues, les étirant pour ouvrir son cul. En la baisant à grands coups de reins, je touchais son anus humide, encore dilaté de l'enculage qu'il avait subi. Elle était au bord du plaisir quand je me suis retiré d'un coup, puis me guidant de mes doigts, je me suis de nouveau enfoncé dans son trou du cul. Elle était à ma merci : des deux mains, j'écartais ses fesses et la maintenais plaquée contre moi, branlant sa chatte sur mon pubis pendant que ma bite coulissait de plus en plus loin dans son rectum élargi. Elle s'était crispée, ses ongles s'enfonçaient dans mes épaules et son visage avait pris une expression douloureuse, mais elle continuait à gémir, se mordant les lèvres de temps à autre.

J'étais moins brutal que la première fois, je prenais mon temps, massant sa vulve écrasée contre mon ventre, ma bite gagnant un peu de terrain à chaque coup de reins. Elle a joui la première, grimaçant, poussant de petits râles et me labourant le dos. J'ai attendu qu'elle se calme et je me suis redressé sur les genoux, ma queue toujours profondément plantée dans son cul. J'ai soulevé ses cuisses, les ramenant sur sa poitrine pour la voir enculée.

Sa chatte menue bâillait, la fente rouge vif, le bouton gonflé un peu plus sombre entre les poils noirs luisants. Le pourtour anal était un large entonnoir de poils raidis de bave et ma bite paraissait énorme, toute raide, plantée au milieu. Le trou du cul était distendu pour l'avaler comme une bouche dont les lèvres n'étaient qu'un mince bourrelet de chair rougie qui s'étirait avec ma queue que je retirais lentement. Puis, la fine couronne de chair a cédé, lâché prise et s'est rétractée d'un coup, libérant ma pine luisante.

Alice avait les traits tirés, un peu de sueur perlait sur son front et ses grands yeux bleus avaient une expression soulagée, heureuse d'avoir pris du plaisir en m'accordant le mien, surprise d'avoir pu jouir en se faisant enculer. Je l'ai enjambée et me suis agenouillé sur sa poitrine. La pointe de ses gros seins frottait contre mes cuisses. Ma queue, lourde et gonflée, pendait vers son menton. Elle a eu un petit rire inquiet.

— Qu'est-ce que... tu n'as pas... ?

Elle était incapable de prononcer le mot « jouir », encore moins « décharger ».

J'ai avancé un peu, laissant mon gland poisseux traîner sur son menton, frôler sa lèvre inférieure.

— Arrête, Eriiiic ! C'est dégoûtant ! Tu viens de... Arrête !

Je venais de l'enculer, bien sûr ? Encore un mot interdit. Ma queue sortait de son cul et elle était gluante de mouille, de sperme et de sécrétions et son odeur forte avait de quoi dégoûter la pudique Alice, le « bébé aux gros nichons », comme disait Tracy.

— Oh, Eric, tu pourrais au moins la laver !

Mais j'insistais, frottant mon gland sur son nez et ses joues, le laissant cogner contre ses lèvres closes. Elle tournait la tête de gauche à droite mais je la poursuivais de mon membre odorant jusqu'à ce qu'enfin, ses lèvres s'entrouvrent. J'ai poussé ma bite dans sa bouche, j'étais déjà au bord de l'orgasme. Son expression de dégoût, de souffrance même, qui contractait ses paupières et ridait son front, l'obscénité de sa position, la tête à plat sur l'oreiller, la joue gonflée par ma grosse queue courbée vers sa bouche grande ouverte auraient suffi à me faire jouir.

Je maintenais ses bras immobiles sous mes cuisses et elle ne pouvait plus se servir de ses mains pour écarter mon membre. Quand j'ai joui, je me suis penché en avant enfonçant mon gland plus loin dans sa gorge au moment où j'éjaculais. Alice a poussé un cri étouffé – ma bite la bâillonnait – et ses yeux se sont ouverts d'un coup, avec une expression affolée, quand mon sperme lui a giclé dans la gorge. D'un mouvement brusque, elle a réussi à expulser ma queue qui s'est redressée projetant une épaisse giclée sur ses cheveux et son front, tandis qu'elle hoquetait en toussant du sperme. »

Alain Barriol, Les Filles du campus,
© Média 1000

« Un soir, je vis à sa fenêtre une femme aux tétons très développés qui me plut sur-le-champ. Je lui proposai un shilling pour la peloter et elle accepta. Quand je fus entré chez elle, elle se laissa patiner avec complaisance. Elle avait un si beau cul que je voulus la baiser. Elle se mit aussitôt à poil et s'étendit sur son lit. Son con était assez large et couvert d'une épaisse toison brune. C'était une femme de vingt-cinq ans, aux beaux yeux noirs.

Après que je l'eus enfilée, elle me montra un livre rempli de gravures obscènes. J'en avais vu alors assez peu et celui-ci me passionna. Les gravures étaient très fines. Elles représentaient de jolies femmes, très bien faites, et l'artiste avait particulièrement soigné les cons et les culs.

Je retournai souvent voir cette femme. J'étais plus attiré par ses gravures que par son cul, bien qu'elle l'eût très beau. Elle regardait le livre avec moi et me faisait examiner avec insistance les scènes représentant des hommes en train de mettre leur verge dans le trou du cul de leurs partenaires. Je n'avais pas une idée bien nette de cette opération ; aussi préférais-je examiner un con bien élargi par une belle pine bandée, mais la femme insistait toujours sur les scènes d'enculage, tellement que j'en vins à les regarder de près.

— Oh ! lui dis-je, cette chose ne doit pas être possible. Ce sont des inventions de dessinateur.
— Mais si, c'est très possible.
— Ça doit faire mal, alors ?
— Non, si on le fait comme il faut le faire. Il y a des hommes qui trouvent cela délicieux.

Il faut bien graisser le trou et la queue et ensuite pousser doucement.

— Oh ! je suis sûr que vous vous l'êtes fait faire ?

— Oui, mais seulement par mon ami, qui adore cela. Moi aussi, je l'aime, car c'est bien meilleur que de l'autre manière.

Cela me choquait, mais m'excitait en même temps. La femme me déboutonna et sortit ma queue. Elle glissa son doigt sous mes couilles et me pressa le trou du cul. Je bandais ferme et voulus baiser. Elle s'agenouilla, les fesses tournées vers moi, et me demanda de la foutre dans cette posture pour qu'elle pût me peloter les couilles pendant que je l'enfilerais. Je regardais curieusement la large fente qu'elle me présentait en creusant les reins, pour bien la mettre en évidence, et comme elle écartait ses fesses avec les mains, je regardais aussi le trou de son cul.

Comme je posais un doigt dessus, elle se mit à remuer le derrière en riant gentiment. Sans paraître comprendre son désir, je poussai ma queue dans la fente et me mis à jouer des reins. Mais tout en baisant, je ne pouvais m'empêcher de penser aux gravures et je finis par dire, presque sans savoir :

— Dites, laissez-moi la mettre dans l'autre trou !

— Non, pas ce soir. Mettez-y seulement votre pouce. Vous avez les ongles courts et ne me ferez pas de mal. Mais mouillez-le bien avant de le rentrer.

Je mouillai donc mon pouce et l'introduisis dans le trou de son cul. Presque aussitôt après je déchargeai. Je fus tout surpris de sentir la femme jouir aussi, ce qui ne lui était jamais arrivé avec moi. Elle poussait les fesses en arrière pour faire pénétrer mon pouce plus avant, et je sentais son cul se fermer et s'ouvrir convulsivement sur mon doigt.

Je doutais toujours, néanmoins, que ma pine pût se loger dans ce trou et j'y pensai plusieurs jours de suite. J'étais à la fois intrigué et excité.

Enfin, n'y pouvant plus tenir, je revins chez la femme. Nous regardâmes le livre, et je m'attardais aux scènes d'enculage. À regarder celles qui se livraient ainsi, on voyait bien que non seulement elles ne souffraient pas, mais encore qu'elles avaient du plaisir. Je dis à la femme :

— Voulez-vous me laisser faire aujourd'hui ?

— Oui, si vous consentez à faire ce que je vais vous dire.

J'acceptai. Elle me dit encore :

— Surtout, ne parlez pas trop haut. Personne n'a besoin de savoir ce que nous allons faire.

Je mis bas culotte et caleçon, pendant qu'elle se mettait entièrement nue. Alors, avec beaucoup de soin, elle me graissa la verge avec de la pommade, puis s'en mit aussi au trou du cul.

Ce fut l'affaire d'une minute, pendant laquelle aucune parole ne fut échangée. J'étais assis sur le sofa. Elle s'assit près de moi, me caressa et m'embrassa, en me regardant avec des yeux chargés de désir et de tendresse, ce qui ne laissa pas de me surprendre. Elle prit ma main et la porta sur son clitoris, puis se branla avec mes propres doigts. Son bouton était raide et sa fente tout humide. Je la laissai faire tout ce qu'elle voulut.

Ensuite, elle se retourna :

— Mettez-le dedans, puis donnez-moi votre main, et surtout ne poussez pas avant que je vous le dise.

Elle me tendait sa croupe. Le trou de son cul était juste au niveau de ma verge. Je l'avais raide comme une barre de fer et ma cervelle était en feu. Je sentais que j'allais faire quelque chose de mal, et pourtant je n'hésitai pas.

— Entrez-le doucement, dit-elle dans un souffle.

Le trou s'ouvrit. Il me parut étroit et mon gland eut quelque peine à y pénétrer, car il fuyait toujours dessus ou dessous. Enfin, il entra, et, à mon grand étonnement, toute ma pine pénétra jusqu'à la racine, sans douleur ni difficulté. »

ANONYME, *Ma vie secrète*,
© Stock

Ne plus être du tout aimée comme une femme puisque tant qu'à faire on peut se faire baiser comme un homme. On n'est donc plus rien qu'un demi-pédéraste impuissant.
Une hermaphrodite.

S'il y a une sorte de volupté à se nier femme, c'est que se nier en tant que femme c'est incontestablement l'être.
Puisque la femme est un trou. Un vide. S'en inventer partout, être aussi percée qu'une passoire c'est être mille fois femme et admettre que femme, sexuellement ce n'est rien : tout orifice de substitution fait la farce.

Se nier et se renier est un plaisir moral au moins aussi grand que le plaisir physique. La frustration que la queue ne soit pas dans le con, rend le plaisir plus grand encore.

Surtout s'il s'agit d'un homme qu'on aime.

Puisqu'il faut qu'il bande plus fermement que d'habitude.
Et qu'on se dit que s'il bande de notre avilissement, c'est donc qu'il ne nous aime pas. D'ailleurs tant qu'à se mortifier, les hommes ne savent aimer qu'eux-mêmes. Ce sont eux les hermaphrodites.
Les hommes qui désirent les hommes.
Ils savent quelque chose que je leur envie.
Les hommes qui n'aiment pas les femmes, aiment comme il le faudrait.
Ils connaissent la brutalité de l'étreinte et sa douceur narcissique.
J'ai envie de rêver
que je suis (suivre ?) l'un d'entre eux.

« Ô pédérastes incompréhensibles, ce n'est pas moi qui lancerai des injures à votre grande dégradation ; ce n'est pas moi qui viendrai jeter le mépris sur votre anus infundibuliforme. Il suffit que les maladies honteuses, et presque incurables, qui vous assiègent, portent avec elles leur immanquable châtiment. Législateurs d'institutions stupides, inventeurs d'une morale étroite, éloignez-vous de moi, car je suis une âme impartiale. Et vous, jeunes adolescents ou plutôt jeunes filles, expliquez-moi comment et pourquoi (mais, tenez-vous à une convenable distance, car, moi non plus, je ne sais pas résister à mes passions) la vengeance a germé dans vos cœurs, pour avoir attaché au flanc de l'humanité une pareille couronne de blessures. Vous la faites rougir de ses fils par votre conduite (que, moi, je vénère !) ; votre prostitution, s'offrant au premier venu, exerce la logique des penseurs les plus profonds, tandis que votre sensibilité exagérée comble la mesure de la stupéfaction de la femme elle-même. Êtes-vous d'une nature moins ou plus terrestre que celle de vos semblables ? Possédez-vous un sixième sens qui nous manque ? Ne mentez pas, et dites ce que vous pensez. Ce n'est pas une interrogation que je vous pose ; car, depuis que je fréquente en observateur la sublimité de vos intelligences grandioses, je sais à quoi m'en tenir. Soyez bénis par ma main gauche, soyez sanctifiés par ma main droite, anges protégés par mon amour universel. Je baise votre visage, je baise votre poitrine, je baise, avec mes lèvres suaves, les diverses parties de votre corps harmonieux et parfumé. Que ne m'aviez-vous dit tout de suite ce que vous étiez, cristallisations d'une beauté morale supérieure ? Il a fallu que je devinasse par moi-même les innombrables trésors de tendresse et de chasteté que recélaient les battements de votre cœur oppressé. Poitrine ornée de guirlandes de roses et de vétyver. Il a fallu que j'entr'ouvrisse vos jambes pour vous connaître et que ma bouche se suspendît aux insignes de votre pudeur. Mais (chose importante à représenter) n'oubliez pas chaque jour de laver la peau de vos parties, avec de l'eau chaude, car, sinon, des chancres vénériens pousseraient infailliblement sur les commissures fendues de mes lèvres inassouvies. Oh ! si au lieu d'être un enfer, l'univers n'avait été qu'un céleste anus immense, regardez le geste que je fais du côté de mon bas-ventre : oui, j'aurais enfoncé ma verge, à travers son sphyncter sanglant, fracassant, par mes mouvements impétueux, les propres parois de son bassin ! Le malheur n'aurait pas alors soufflé, sur mes yeux aveuglés, des dunes entières de sable mouvant ; j'aurais découvert l'endroit souterrain où gît la vérité endormie, et les fleuves de mon sperme visqueux auraient trouvé de la sorte un océan où se précipiter ! Mais, pourquoi me surprends-je à regretter un état de choses imaginaire et qui ne recevra jamais le cachet de son accomplissement ultérieur ? Ne nous donnons pas la peine de construire de fugitives hypothèses. En attendant, que celui qui brûle de l'ardeur de partager mon lit vienne me trouver ; mais, je mets une condition rigoureuse à mon hospitalité : il faut qu'il n'ait pas plus de quinze ans. »

LAUTRÉAMONT, *Les Chants de Maldoror*,
chant 5e, Garnier-Flammarion

« Après un moment, le masseur noir revint. Il murmura un ordre et reconduisit Burns, qui tremblait, dans la cabine où il s'était déshabillé : une table nue et blanche y avait été roulée pendant son absence.

— Couchez-vous là-dessus ! dit le nègre.

Burns obéit. Le masseur noir lui versa de l'alcool, d'abord sur la poitrine, puis sur le ventre et les cuisses. L'alcool coulait partout sur le corps nu avec un picotement d'insecte. Burns suffoquait et croisait les jambes pour étouffer la plainte sauvage de son sexe. Mais, sans le moindre avertissement, le nègre leva soudain sa paume et lui appliqua une terrible claque sur le milieu du ventre. Le petit homme eut un halètement et, pendant deux ou trois minutes, il ne put reprendre son souffle. Mais, aussitôt le premier choc passé, un sentiment de plaisir l'envahit. Il passa comme un liquide d'un bout à l'autre de son corps et dans le creux de son ventre, parcouru de fourmillements. Il n'osait pas regarder, mais il savait ce que le nègre devait voir. Et le géant noir souriait.

— Je ne vous ai pas claqué trop fort, j'espère ? dit-il.

— Non, dit Burns.

— Tournez-vous, dit le nègre.

Burns essaya en vain de bouger, mais la fatigue voluptueuse l'en rendait incapable. Le nègre rit, le saisit par la taille et le retourna aussi facilement qu'un traversin.

Alors, il commença à lui travailler les épaules et les fesses de coups qui gagnaient à chaque fois en violence, et plus la violence, plus la douleur s'amplifiaient, plus le petit homme se sentait brûler : il ressentit pour la première fois une satisfaction véritable tandis que, d'un coup, un nœud se relâchait dans son ventre, libérant le flot brûlant du plaisir.

Ainsi il arrive qu'un homme découvre le désir par surprise – et une fois qu'il l'a découvert, son seul besoin est de s'y soumettre, de prendre ce qui vient sans poser de question : et c'est exactement pour cela qu'était fait Anthony Burns. »

Tennessee Williams, La Statue mutilée,
© Éditions Robert Laffont

« Pendant ce temps, dans la pièce où se trouve le mulâtre, s'élèvent des grognements de plaisir de plus en plus sonores. La main du respectable citoyen branle le pénis pâlot qui dépasse de sa braguette ouverte, des gémissements se font entendre, du sperme gicle sur le mur noir. Le spasme fait trembler ses lèvres autour du membre à demi érigé du danseur, puis elles se desserrent. Il se redresse et s'éclaircit la gorge, avant de s'essuyer la bouche d'un revers de main ; il remet sa chemise dans son pantalon, referme sa braguette, boucle sa ceinture, et va pêcher dans sa poche les trente dollars qu'il avait préparés...

J'épluche la capote sur ma bite qui débande et je la jette par terre avec les autres, en parlant vite, mais d'une voix douce, pour ne pas casser l'ambiance, des paroles chargées de ce jargon des rues qui fait si peur à la plupart d'entre vous. Je me mets entre toi et la porte, ta seule échappatoire :

"Ça t'a pris trop longtemps, papa, faut que je saute dans un taxi jusqu'à la gare routière, maintenant... mec. Faut que je descende ce soir même à New Haven par le dernier car. Vas-y, j'te dis, allonge vingt dollars de mieux" ! »

Bruce Benderson, Toxico,
© Éditions Payot et Rivages, 1995

« Je suis nase dans la voiture. Stéphane me dit cinq ou six fois qu'il a envie de sexe. Je ne réponds pas. À la maison quand on se dessape, la moquette autour du lit se couvre de confettis. Je dis à Stéphane Si tu veux te faire baiser je peux le faire. Il n'a pas l'air d'y croire. Je demande Est-ce que t'as le cul propre ? Il dit Oui. J'attrape une olla, on n'a plus de manix large, mais olla j'aime bien, c'était celles qu'on utilisait du temps de Quentin. Elles sont assez épaisses, mais très souples et douces. Je le tire d'abord dans les chiottes, debout devant la cuvette, je lui fais mettre la tête dedans et je le baise. Puis je le ramène dans la chambre et je le baise au lit par-devant, puis par-derrière. Ça dure longtemps, et c'est vraiment pas mal, je rentre et je sors, son cul fait flotch, flotch, flotch très fort, il râle, ramassé sous moi. Je commence à débander parce qu'il est trop large. Je continue encore un moment. Et puis il faut qu'on arrête parce que j'ai trop débandé. On va se laver les mains. Je lui propose de me baiser. Il dit qu'il a envie de pisser. Je me fous dans la baignoire et il me pisse dessus et puis je ne me lave pas et on retourne sur le lit, de toute façon le drap est déjà bien avancé. La baise est super. Profonde. Longue. Je me laisse baiser comme jamais. Je trouve qu'il assure de plus en plus. Et puis il devient évident qu'on est trop stone pour arriver à jouir comme ça. Je cherche ma montre. Il est dix heures, ça fait quatre heures qu'on baise. On se finit à la paresseuse, il me bouffe les couilles, je jouis et puis je lui propose de lui travailler le cul de la main gauche parce que la droite est pleine de sperme. Il explose. On fait un câlin. Je roule un dernier pétard. Il s'endort. »

Guillaume Dustan, *Dans ma chambre*,
© P.O.L, 1996

« Il est un peu moins poilu que ses poignets ne pourraient le laisser supposer, mais tout de même beaucoup. Je défais les boutons de ses manchettes pour lui caresser les avant-bras, qui sont superbes. Nous bandons l'un et l'autre très bien. Nous sommes allongés l'un contre l'autre. Sa chemise ne se déboutonne pas entièrement, elle ne s'enlève que par-dessus la tête, mais je l'ai assez relevée pour lui lécher la poitrine. Lui m'enlève la mienne. Quand le disque s'achève, nous sommes tous les deux complètement nus. Ses jambes et surtout son cul sont couverts d'un incroyable pelage, noir et long, qui me met dans un état fou.

— Je vais mettre quelque chose que j'aime bien.

— Qu'est-ce que c'est ?

— De la musique électro-acoustique, tu vas voir.

Pendant qu'il change le disque, je vois son sexe parfaitement bandé, à peu près à la hauteur de l'appareil. Il a éteint toutes les lampes, avec mon accord, mais disposé à travers toute la pièce de petites lanternes de travaux publics, près d'une douzaine.

— On dirait un parcours de gymkhana.

— Oui, c'est comme un arbre de Noël.

Nous sommes donc nus, étendus l'un contre

l'autre, moi sur lui, les mains sous ses fesses, les caressant, et ses cuisses. Nous nous embrassons, mais assez superficiellement (rien à voir avec David, avant-hier). Mon obsession est de lui lécher les fesses, d'enfouir mon visage entre elles, d'y introduire ma langue aussi loin que possible. Il s'y prête, mais sans enthousiasme particulier. Néanmoins, il ne résiste à rien. De nouveau l'embrassant, j'ai passé mon sexe sous ses couilles, et progressivement lui relève les jambes. (L'autre matin, David : – Je vous vois venir, vous, avec vos gros sabots... – Pas du tout ! – Dommage...) Une première tentative pour m'introduire en lui, grâce seulement à la salive laissée l'instant d'avant, n'aboutit à rien. J'en remets de la main, et sur mon sexe. J'arrive alors à entrer à moitié, mais il fait la grimace. Je ressors, et il fait encore plus la grimace. Ses jambes relevées contre ma poitrine, mes avant-bras sous ses épaules, mes mains derrière son cou, ma tête est contre ses couilles, au milieu de l'invraisemblable forêt de poils de son périnée. Cette position semble l'exciter, et moi aussi, mais tellement que je pense à nouveau à l'enculer. Un autre essai me mène plus loin que précédemment, mais à en juger encore par son expression, il semble souffrir. Je me retire et m'allonge à côté de lui. Nous nous embrassons un peu, les bras autour des épaules, côte à côte. Il se branle. Je me branle. Mais comme ça ne m'amuse pas tellement, je me mets à mon tour de la salive dans le cul, m'agenouille de part et d'autre de lui, et introduis son sexe, qui n'est pas d'une taille très considérable, sans grande difficulté en moi. D'une main, je lui caresse les cuisses derrière moi, ou serre ses fesses contre moi, de l'autre je me branle. Penché en avant, je l'embrasse dans le cou. Cette position m'excite beaucoup. Je jouis sur son ventre. Il ne paraît pas tenir à m'enculer davantage. Je m'allonge de nouveau contre lui. Il se branle. J'ai un bras sous son dos, et d'une main je lui caresse les cuisses, les couilles. Il jouit au moment où l'un de mes doigts est contre la fente de son cul. »

RENAUD CAMUS, *Tricks*,
© P.O.L, 1988

« Il était devenu ardu, pour Jules et pour moi, de rebaiser ensemble bien entendu il n'y avait plus rien à risquer qu'une recontamination réciproque, mais le virus se dressait entre nos corps comme un spectre qui les repoussait. Alors que j'avais toujours trouvé splendide et puissant le corps de Jules aux moments où il se déshabillait, je notai à part moi qu'il s'était décharné, et qu'il n'était plus loin de me faire pitié. De l'autre côté, le virus, qui avait pris une consistance presque corporelle en devenant une chose certifiée et non plus redoutée, avait durci chez Berthe, contre toute volonté un processus de dégoût qui visait le corps de Jules. Et nous savions l'un et l'autre que Jules, de par sa constitution mentale, ne pouvait pas vivre et ne pourrait pas survivre sans attirances portées sur son corps. Un délaissement érotique provoqué par le virus comme un de ses effets secondaires serait pour lui, dans un premier temps tout au moins, plus fatal que le virus lui-même, il le déchanerait moralement, plus gravement que physiquement. D'apparence si solide à tous points de vue, Jules au cinéma voilait les yeux comme un enfant trop sensible ou comme une femme à l'approche des cruautés. Ce jour-là il devait passer chez son ophtalmologue, proche de chez moi, il avait un peu d'avance, j'avais entrepris de dérouiller notre mécanique de baise en me replaquant contre son dos et en soulevant son pull à la recherche de ses tétons, pour les meurtrir, pour lui faire mal, le plus mal possible, en les écrabouillant au sang entre mes ongles, jusqu'à ce qu'il se retourne et s'accroupisse à mes pieds en gémissant. Mais l'heure de son rendez-vous était arrivée. Quand il revint de chez l'ophtalmo, Jules m'annonça qu'il n'avait pas de conjonctivite mais un voile blanc sur la cornée, et que ce devait être une manifestation du sida, il avait peur de perdre la vue, et moi, devant sa panique, sans lui opposer aucun frein, j'étais prêt à me dissoudre sur place. Je réattaquai ses tétons et lui rapidement, mécaniquement, s'agenouilla devant moi, les mains imaginairement liées derrière le dos, pour frotter ses lèvres contre ma braguette, me suppliant par ses gémissements et ses grognements de lui redonner ma chair, en délivrance de la meurtrissure que je lui imposais. Écrire cela aujourd'hui si loin de lui refait bander mon sexe, désactivé et inerte depuis des semaines. Cette ébauche de baise me semblait sur l'heure d'une tristesse intolérable, j'avais l'impression que Jules et moi nous étions égarés entre nos vies et notre mort, et que le point qui nous situait ensemble dans cet intervalle, d'ordinaire et par nécessité assez flou, était devenu atrocement net, que nous faisions le point, par cet enchaînement physique, sur le tableau macabre de deux squelettes sodomites. Planté au fond de mon cul dans la chair qui enrobait l'os du bassin, Jules me fit jouir en me regardant dans les yeux. C'était un regard insoutenable, trop sublime, trop déchirant, à la fois éternel et menacé par l'éternité. Je bloquai mon sanglot dans ma gorge en le faisant passer pour un soupir de détente. »

Hervé Guibert, *À l'ami qui ne m'a pas sauvé la vie*,
© Éditions Gallimard

« On commençait à lire des cas, dans les journaux, d'individus qui, par l'entremise des tribunaux, tentaient d'extorquer de l'argent, soit à des prostituées soit à des partenaires de hasard, qui les auraient contaminés en toute connaissance de cause. Les autorités bavaroises recommandaient de tatouer un sigle bleu sur les fesses des personnes infectées. Je m'étais inquiété de ce que la mère du Poète ait exigé de son fils, présupposant que nous avions eu ensemble des relations physiques, qu'il se soumette au test du sida, bien avant que je fasse le mien. J'avais toujours pris des précautions avec le Poète, même lorsqu'il m'avait prié de le traiter comme une chienne, et que je l'avais livré à Jules, me servant de Jules comme d'un godemiché que je ne souhaitais pas être. J'avais senti juste avant la jouissance une très étrange sueur monter de nos trois corps imbriqués, c'était la plus voluptueuse des odeurs, la plus vertigineuse aussi : je me demandai si nous n'étions pas devenus, Jules et moi, un couple d'assassins sauvages, sans foi ni loi. Mais non, j'avais pris soin de remettre une nouvelle capote à Jules avant chaque pénétration du jeune homme qu'il déflorait, et je me retenais de ne pas jouir dans la bouche du Poète, car sucer une bite était apparemment ce qui excitait le plus ce petit hétéro qui pleurnichait de ce que les filles ne suçaient pas, par substitution ou par projection inversée il voulait être pris comme une salope. Ce qui m'inquiétait dans cette exigence de sa mère, c'est que je savais, par ses récits, que le Poète se farcissait le premier venu, se laissait bouffer le cul par de vieux types dégueulasses qui le ramassaient sur la route quand il faisait du stop entre Marseille et Avignon. Je redoutais une grande injustice dans le fait que j'étais aux yeux de la mère le seul amant identifiable, donc l'assassin présumé. Le Poète finit par m'écrire : "D'après les analyses, je n'ai pas le sida." C'était dit comme avec regret par ce jeune homme qui ne pensait qu'au suicide, ou à la gloire. »

HERVÉ GUIBERT, *À l'ami qui ne m'a pas sauvé la vie*,
© Éditions Gallimard

« Je prends celle en cuir parce que ça fait plus sm et que je lui en veux. Je lui bande les yeux. Apparemment c'est une bonne idée. Ça le fait bander. Il donne bien son cul, je le sens bien obsédé par sa chatte. Je le baise pendant une heure et quart. Comme ça m'a mis en forme, le lendemain je décide de recommencer. Mais cette fois-ci je ne lui en veux plus alors je lui mets la cagoule en latex noir.

[...]

Je l'ai baisé sur un sling dans une cabine, les chaînes avaient deux anneaux en trop qui faisaient gling, gling, gling, le sling était un peu trop haut, il fallait que je me mette sur la pointe des pieds pour arriver à rentrer en profondeur. Je bandais mou, puis plus dur, puis plus mou, puis plus dur. Ça a duré une bonne demi-heure comme ça. J'ai dit Bon on va finir à la maison c'est plus confortable. Je n'ai pas dit un mot dans la voiture. On est remontés. J'ai roulé un pétard en silence. On a recommencé. Je débandais. J'ai fini par lui dire un tas d'horreurs. T'es pas excitant, tu me surprends pas, tu me fais mal les seins, je m'emmerde dans ton cul, excuse-moi en ce moment je suis déprimé, je préférerais que tu me baises. Ou alors je te baise sans capote. Il m'a dit Baise-moi sans capote. J'ai rebandé instantanément. J'ai pensé De toute façon je ne mouille pas et puis je peux sûrement éviter de lui gicler dans le cul. Je suis rentré. Au bout de cinq minutes évidemment j'avais envie de jouir alors que d'habitude avec une capote ça ne vient jamais tellement je reste à distance. J'ai dit J'ai envie de jouir. Il a dit Vas-y. J'ai dit Je pense qu'il vaudrait mieux attendre le résultat de ton test. Le test, il ne l'a jamais fait. Il est persuadé qu'il est séropo de toute façon. C'est moi qui l'ai poussé à le faire. J'ai dit On fera ça plus tard. Je suis sorti et j'ai giclé sur son petit cul de chienne.

La semaine d'après, le test est négatif. Je me

dis que j'ai bien fait de ne pas jouir dans son cul. Et puis je me sens seul. Déçu. Et puis seul. »
Guillaume Dustan, *Dans ma chambre*,
© P.O.L, 1996

« "Une lettre postée à Venise, tapée à la machine, sans signature, sans nom, sans adresse. De Carol, de Bertrand, de Jabbar ?

"Quel cirque ! Jabbar tout à coup détaché du plaisir !

"Jabbar qui m'avait attaché les poignets à une barre horizontale, bras écartés au-dessus de la tête. J'étais nu, debout. Mustapha m'avait rasé les poils du pubis, des couilles et du cul. Jabbar avait fait entrer douze garçons de son armée. Ils étaient venus tour à tour derrière moi. Ils ouvraient la braguette de leur short, crachaient dans leur main droite, enduisaient de salive leur queue tendue et m'enculaient avec des cris sourds, leurs doigts crispés sur mes hanches. Ils jouissaient vite. Après chaque orgasme, Jabbar s'avançait, s'agenouillait derrière moi, plaquait ses lèvres sur mon anus et aspirait le sperme du garçon qui venait de jouir.

"Dean aurait pu être avec eux. Ou Thomas. Jabbar aurait connu le goût de leur sperme.

"Mes jambes se repliaient. Tout le poids de mon corps tirait sur mes poignets attachés. Le douzième garçon avait joui. Jabbar était venu en face de moi. Il m'avait pissé sur le torse, sur la queue et les couilles, dans la bouche. Il m'avait détaché une main et je m'étais branlé pendant qu'il m'enculait. J'avais joui comme un malade.

"Angelo a-t-il connu Jabbar ? A-t-il été à ma

place, les poignets attachés à la barre horizontale, ou à celle d'un des douze garçons ?

"Douze garçons, un poème tous les douze jours. Je n'ai pas respecté le contrat. »

Cyril Collard, *Condamné amour*,
© Éditions Flammarion

Toujours les désirs sont tapis dans l'obscurité et on s'avance vers eux dans la lumière. Il y a une porte, qui se dresse symboliquement.
C'est s'avancer vers cette porte et penser qu'on va la franchir qui est la chose véritable.

Car derrière, il arrive finalement qu'on ne trouve qu'un bordel.
Tous nos rêves finissent au bordel.
C'est pour ça que le plus simple finalement serait de rêver directement de bordel.
Mais la porte franchie peut être aussi celle du coupe-gorge.
Les désirs se réalisent au prix du meurtre de la voix.
L'omerta. L'omerta est partout quand il s'agit de sexe.
C'est qu'on ne peut pas nier l'espace du crime.
À force de fouiller le con des femmes, à force de le fouir, de le combler de n'importe quoi en criant que c'est un gouffre, il faut regarder sous la peau. La voir la chair battre, la charogne du péché du même nom.
Le péché qui s'écrit en lettre capitale.
Et donc c'est l'infamie qu'on redoute et qu'on cherche.
N'avez-vous jamais vu quand deux chiens se

sentent le cul, l'air crispé et fuyant des hommes, c'est qu'ils redoutent qu'on devine qu'eux aussi ils sont des chiens !

« Pour le docker ou l'ouvrier du port cette porte était le signe de la cruauté accompagnant les rites de l'amour. Si elle était une gardienne il fallait que cette porte le fût d'un trésor tel que seuls des dragons insensibles ou d'invisibles génies la pouvaient franchir sans saigner à ses ronces – à moins qu'elle ne s'ouvrît d'elle-même sur un mot, sur un geste de vous, docker ou soldat qui êtes ce soir, le prince heureux et très pur accédant par magie aux domaines interdits. Pour être si bien gardé, il fallait que le trésor fût dangereux au reste du monde, ou qu'étant de nature si fragile, sa protection exigeât les moyens qu'on accorde à la protection des vierges. Le docker pouvait sourire et plaisanter en apercevant les pointes aiguës dirigées contre lui, il ne s'empêcherait d'être, pour un instant, celui qui force – par le charme d'un mot, d'une physionomie ou d'un geste – une virginité inquiète. Et dès le seuil, s'il ne bandait à proprement parler, sentait-il dans sa culotte la présence de son sexe, encore mou peut-être, mais se rappelant à lui, le vainqueur de la porte, par une légère contraction vers le haut de la verge, qui se continuait par la base, jusqu'à émouvoir le muscle de la fesse. À l'intérieur du sexe encore flasque, le docker éprouvait la présence d'un sexe minuscule et rigide, quelque chose comme une "idée" de roideur. Et cet instant était cependant solennel qui allait de la vue des clous au bruit de la porte verrouillée derrière le client. »

JEAN GENET, *Querelle de Brest*,
© Éditions Gallimard

Ainsi la porte est franchie : Ce n'est pas une porte mais une limite.
Ce qui se dit maintenant est au-delà de tout.
Vous voyez, un type revenu de tout, ça a un regard de l'autre monde.
Il faut croire aux vérités excrémentielles. Un type qui a de la merde dans les yeux, il est aveugle.
Mais le geyser d'excrément est chaud, il est vivant. Il est la lave.

14

« Donc, nous avons voyagé. Ensemble. Halls d'aéroports, nourriture aseptisée, chambres d'hôtel à la mauvaise lumière et autoroutes américaines. *Road movie* obscène, le premier du genre. Restaurants ambulants, sandwiches géants et odeur de diesel.

À Vancouver, elle m'a baisé à l'aide d'un vibrateur rose, dégotté dans un obscur sexshop derrière le port, pas loin de Gas Town. Ça n'a pas été douloureux, ça n'a pas été non plus agréable ou excitant. Elle avait enfoncé l'outil trop loin et le remuait sans douceur, ça m'a arraché la peau. J'ai saigné abondamment.

À Seattle, elle se fit percer les lèvres du con par un énorme gars couvert de tatouages dans une boutique clandestine de Capitol Hill, près du Cinéma Égyptien ; je lui avais acheté un anneau en or et il le lui posa. Ce soir-là, on avait une chambre au vingt-quatrième étage de la Madison Stouffer Tower, qui donnait sur l'admirable Puget Sound. Là, j'ai rasé les fines boucles de son con afin de mettre son anneau en évidence. Il brillait comme un diamant dans le clair-obscur artificiel de la pièce, encadré par ses grandes lèvres, vantaux sombres et dodus, luisants de l'humidité qui suintait de leur protubérance, portail qui défendait l'entrée de son vagin.

"Tu voudrais que je me fasse aussi percer les pointes de seins ?" me demanda-t-elle.

Je ne répondis pas, hypnotisé par le spectacle merveilleusement indécent de ses cuisses largement ouvertes et de son gouffre rasé où saillait l'anneau d'or, sceau de notre commune infamie. »

MAXIME JAKUBOWSKI, *Ma vie chez les femmes*,
© Éditions Blanche

« Je marchais cambrée, la tête haute, fière. Résignée, j'allais me présenter dans mon impudicité la plus totale. J'étais l'innommable. Je craignais que cet homme ne m'anathémise. Mais qu'était-il donc pour me juger ? Il devait me consacrer, dépasser le regard de R. et se laisser entièrement aller, s'embourber dans ses pulsions. Je devenais l'instrument de plaisir, aboulique et statique, ma future dynamique dépendant uniquement des quelques secondes qui allaient suivre.

Je me retrouvai face à lui. R. dégrafa ma chemise et la laissa glisser le long de mon corps. J'étais mieux que nue, présentée dans un écrin, mon intimité suggérée, exaltée dans ce qu'elle dissimulait.

R. me tourna, je me creusais toute en arrondis. Le galbe de mes fesses striées injuriait le regard de l'autre. La brillance et le velouté de ma peau, c'est ce qu'il laissa échapper, le fit passer d'état de spectateur à celui d'acteur. Encouragé par R., il avança sa main, dépliant ses doigts sur mes épaules. Le pouce, comme une arête, enfoncé dans la nuque, rayant la colonne, descendant jusqu'à se noyer dans la fissure du corps.

J'étais galvanisée par le soudain contact de ces mains inconnues. Elles seules, en cet instant, comptaient. Je frémissais à la moindre de leurs pressions. Les pointes de mes seins dressées, mes lèvres humides, que j'écorchais de mes dents, ambassadrices du désir prenant vie en moi. R. lui demanda ce qu'il pensait. La réponse fusa, comme d'autres recrachent un hoquet. Il me trouvait appétissante, bien plus encore quand il écarta les lèvres de mon sexe, s'y insinuant avec méticulosité et précaution. J'étais trempée. Rafale de doigts, ce n'était plus un doigt, mais deux, puis trois, puis ceux de R. suivis des miens. J'avais bientôt neuf doigts s'agitant dans mon sexe, et c'était bien plus que je ne souhaitais. Neuf doigts appartenant à trois êtres différents.

Dans la luxure, nous enfantions d'une entité de plaisir.

R. s'effaça élégamment devant notre invité, le laissant jouer de mes membres, jouir du providentiel cadeau. Il saisit sa ceinture pour apposer ses marques sur mon corps. Appartenance provisoire mais néanmoins appartenance. R. me décrivait avec précision le sexe de l'étranger. Il savait que je crevais d'envie de m'y emboîter. J'étais frustrée de ne pouvoir le palper, j'aurais tant souhaité parcourir son torse dont je ne possédais qu'une connaissance olfactive. Mais l'imagination constituait un euphorisant majeur et je m'y vautrais.

Je fus engodée tour à tour par les deux hommes, puis prenant leur relais, je m'appliquais à me branler, respectant le plus fidèlement possible ce qu'il m'était ordonné de faire. J'agitais en moi successivement godemichet, manche d'outils et autres formes oblongues tout en suçant R., transportée par ses insultes. J.G. me doigtait le cul, me tordait cruellement les seins, les pénétrant de ses ongles, les coupant jusqu'à les crevasser. À ce moment, il me semblait être seule, entourée d'objets de nature différente. J'utilisais leur excitation, dépeçant leur moi de mâle pour mieux combler tous mes orifices.

J'étais cernée et je dictais.

J'étais l'origine. Ils étaient ma création. Je n'avais qu'à disparaître pour que ces deux individus se désintègrent. »

Marie L., *Confessée*,
© Climats

« M'ayant entraînée au fond de la cave, là où la pénombre était la plus dense, il fit pivoter mon corps contre la paroi humide. Je sentis le salpêtre se dissoudre sous mes doigts qui s'accrochaient. Pour me racheter j'aurais voulu être attachée, là, dans cette position, le ventre nu contre ce mur poisseux, le dos, les reins offerts aux hommes qui auraient eu la libre disposition de moi, sans conditions. Sentir mes mains prises dans la pierre pour ne plus pouvoir bouger et tout endurer, pour prouver que je pourrais devenir un jour une parfaite esclave, enviée de tous les maîtres, sujet d'orgueil du seul que je vénérais.

Maître Georges a commencé à me caresser. Il savait qu'en faisant cela, il me donnait une chance de faire oublier ma faute. Il s'est emparé d'un martinet et m'a travaillé le corps en l'échauffant lentement, alternant les caresses des lanières avec les coups cruels et violents. Plus il frappait fort et plus je m'offrais. Je n'éprouvai qu'un petit pincement aigu au moment où mes seins furent brutalement saisis par des pinces, puis je sentis les pointes broyées par l'étau de métal qui les tirait vers le sol en s'y suspendant. Chacun des mouvements que je faisais alors amplifiait le balancement des pinces, provoquant une sensation effrayante d'arrachement.

Je me souviens de ce moment bien précis où je fus mise à quatre pattes au milieu de la cave. Le maître dont j'étais désormais l'esclave d'un soir fixa d'autres pinces sur les lèvres de mon sexe, exactement en dessous du clitoris. Tout mon corps se balançait d'une façon obscène, tenaillé entre deux douleurs ; j'étais partagée entre le désir de faire cesser mes souffrances et celui d'en augmenter l'intensité par mes balancements, pour satisfaire mon Maître et mériter son pardon. J'observais avec orgueil la rotation des poids suspendus aux pinces attachées à mes seins, de droite à gauche, de gauche à droite. La douleur devenait intolérable, mais je devenais la spectatrice de cette douleur. Je souffrais, mais je dominais cette souffrance : le plaisir qui naissait insidieusement en moi la dépassait, la stigmatisait.

Ainsi, je ressentis ma première jouissance cérébrale de femme soumise à un homme qui l'oblige à souffrir. »

Vanessa Duriez, Le Lien,
© Éditions Blanche

« La cape retomba derrière elle. Il y eut un murmure. La femme était nue. Elle se tenait raidie, coudes loin du corps, cambrée. Elle tenait la tête bien droite, levant un peu le menton. Elle avait fermé les yeux, elle ouvrait un peu la bouche, la mâchoire inférieure avançant, comme si elle craignait que l'air ne lui manquât. Elle haletait. Elle était mince jusqu'à la taille, et presque maigre, mais elle avait des seins lourds, attachés bas. Les mamelons étaient un peu excentrés, les seins s'écartaient, semblant peser vers l'extérieur. Elle avait la taille creuse, elle était étroite du haut, mais forte du bas des hanches, forte des cuisses. Elle avait les genoux ronds, les jambes longues et fortes. Elle était chaussée d'escarpins vernis à hauts talons, et elle portait des bas noirs, qui tenaient par une large bande élastique, à mi-cuisse. L'homme maugréa quelque chose, elle tourna lentement sur elle-même. Je vis son cul. Elle avait de belles fesses. Elle rappelait vraiment l'esclave dessinée par le peintre oriental qu'elle avait été voir au musée Guimet. Son corps était très blanc. Elle continuait de haleter. À chaque inspiration, je voyais se creuser son estomac. Elle avait les yeux durement fermés. Elle tourna lentement sur elle-même. Elle avait le bas-ventre rasé, la motte étroite et saillante. L'homme sortit de sa poche une courte cravache de cuir et au moment où elle faisait de nouveau face à Harrington qui s'était rassis, il lui donna un violent coup de cravache à la saignée des genoux. Elle plia, se laissa tomber entre les cuisses d'Harrington, et aussitôt fouilla de la tête, des doigts. Harrington dégagea sa queue qui apparut raide, violacée. La femme aspira le gland. Les hommes s'étaient mis debout. Harrington claqua dans ses doigts à l'adresse du valet. Le valet et l'un des assistants prirent dans un angle du salon une table à peine un peu moins haute qu'une table ordinaire, sur laquelle ils mirent deux coussins. On souleva la femme par les hanches, on glissa cette table sous son ventre, elle reposa, inclinée en avant, suçant Harrington, le cul libre ; on lui écarta les jambes, deux hommes les tinrent ainsi écartées, malaxant les mollets, les cuisses, un autre s'était déjà mis debout entre les cuisses, bandant ; il se pencha, enfonça la queue dans le trou offert.

La femme lança une sorte de ruade, mais on la tenait vigoureusement, elle continua de sucer tandis que le type, excité, la défonçait à grands coups en ahanant. Dès qu'il eut fini, à peine dix ou douze coups, il laissa la place à un autre, Harrington bientôt en fit autant, et ainsi, pendant une vingtaine de minutes, la femme demeura écartelée, suçant par-devant, défoncée par-derrière. Les hommes la pressaient, l'entouraient, ne cessaient de se renouveler, arrivant parfois silencieusement du salon. Certains avaient mis en croix les bras de la femme, ils avaient refermé ses mains sur leurs queues, ils l'obligeaient à les branler. »

PIERRE BOURGEADE, *Éros mécanique*,
© Éditions Gallimard

« La première femme qui m'a fait jouir ne l'a jamais su. Le matin dans sa chambre je me branlais, la verge tendrement gainée d'un de ses slips, un autre sur le visage qui ouatait mes gémissements. C'était une grande chance, en ces premiers jours de découverte, d'être dans une maison où il y avait une jeune fille, et qui possédait une collection de slips telle que, tous les matins, je pouvais en changer. J'entrais, le sexe douloureux, tout l'intérieur du corps glacé de désir ; le tiroir ouvert, l'odeur de linge fraîchement lavé m'enveloppait le visage, je choisissais deux slips, je m'agenouillais sur le tapis.

Très vite, je repris cette scène comme sujet de masturbation, remaniée. La jeune fille me surprenait. Elle me forçait, menaçant de tout dire à ses parents, à continuer. Elle s'asseyait sur son lit et regardait. Quand je jouissais, elle riait. Plus tard, j'ajoutai un élément : en me regardant, elle se masturbait. Plus tard, elle était avec une amie, elles me regardaient en se masturbant assises sur le lit côte à côte et debout devant moi à genoux, elles me faisaient lécher leurs sexes ou bien, les mains attachées dans le dos, je devais jouir le plus rapidement possible et elles riaient de me voir contorsionné dans des poses grotesques, à frotter mon sexe sur les murs, le tapis, les pieds de table. Bête, chien, je jouissais debout, jambes écartées, les reins arqués, la bouche ouverte et mon sexe envoyait avec des balancements brutaux et saccadés des jets sur le tapis, à mes pieds, ou à genoux, la joue écrasée sur le plancher, l'anus ouvert à leurs regards.

Une semaine à peine après que j'eus éjaculé pour la première fois, je m'enculai.

Des caves s'ouvraient, longues et basses, où des jeunes filles en blanc marchaient le long de rangées d'hommes nus attachés aux murs. Un long temps se passait sans que rien ne bouge. Puis, de derrière une grande tenture, apparaissait sur l'estrade qui dominait la pièce une femme, seule à être entièrement vêtue (les jeunes filles avaient les seins, parfois aussi les fesses, découverts). Elle s'asseyait sur un haut fauteuil. Une jeune fille venait s'agenouiller devant elle et caressait doucement, à travers sa longue robe, ses genoux, la tête posée sur une de ses cuisses. Nous sommes un grand nombre de prisonniers qu'elles gardent toujours nus, et toujours attachés, afin que nous ne puissions pas nous masturber. Tous les dix jours à peu près la porte de la cellule où je suis enfermé avec vingt autres prisonniers est ouverte. Sur le chemin où elles nous mènent enchaînés les uns aux autres, déjà certains supplient. Elles ne nous regardent jamais. La maîtresse fait un signe. Deux filles se dirigent vers le premier de notre rangée, qu'elles détachent et mènent à une épaisse planche de bois placée à deux mètres en face de l'estrade. Dans cette planche est percé un trou un peu plus gros que le goulot d'une bouteille. Elles le font agenouiller et y introduisent son sexe. Il suffit d'un geste alors, caresse sur la nuque, les reins, de la paume à peine passée sur le gland pour que, malgré sa terreur et ses efforts, l'homme bande. Les veines de son sexe, maintenant comprimé en son milieu par l'étroitesse du trou, saillent. De douleur, il hurle. Deux filles lui écartent les fesses, ouvrant l'anus au bâton qu'une troisième y pousse brutalement. Pour échapper à la douleur du bâton qui le déchire, il est forcé de suivre des reins le mouvement de va-et-vient que la fille lui imprime de plus en plus rapidement et bientôt, de son sexe arraché par le bois, le sperme gicle aux pieds de la maîtresse. »

Marc Cholodenko, *Le Roi des fées*,
© Christian Bourgois Éditeur

« À force d'être outragée, il semble qu'elle aurait dû s'habituer aux outrages, à force d'être caressée, aux caresses, sinon au fouet à force d'être fouettée. Une affreuse satiété de la douleur et de la volupté aurait dû la rejeter peu à peu sur des berges insensibles, proches du sommeil ou du somnambulisme. Mais au contraire. Le corset qui la tenait droite, les chaînes qui la gardaient soumise, le silence son refuge y étaient peut-être pour quelque chose, comme aussi le spectacle constant des filles livrées comme elle, et même lorsqu'elles n'étaient pas livrées, de leur corps constamment accessible. Le spectacle aussi et la conscience de son propre corps. Chaque jour et pour ainsi dire rituellement salie de salive et de sperme, de sueur mêlée à sa propre sueur, elle se sentait à la lettre le réceptacle d'impureté, l'égout dont parle l'Écriture. Et cependant les parties de son corps les plus constamment offensées, devenues peu sensibles, lui paraissaient en même temps devenues plus belles, et comme anoblies : sa bouche refermée sur des sexes anonymes, les pointes de ses seins que des mains constamment froissaient, et entre ses cuisses écartelées les chemins de son ventre, routes communes labourées à plaisir. Qu'à être prostituée elle dût gagner en dignité étonnait, c'est pourtant de dignité qu'il s'agissait. Elle en était éclairée comme par le dedans, et l'on voyait en sa démarche le calme, sur son visage la sérénité et l'imperceptible sourire intérieur qu'on devine plutôt qu'on ne le voit aux yeux des recluses. »

PAULINE RÉAGE, *Histoire d'O*,
© Société Nouvelle des Éditions Pauvert, 1979

Pourquoi a-t-on le sentiment que celui qui nous traite mal nous comprend et nous aime mieux que celui qui nous aime tendrement ?
D'ailleurs nous-mêmes sommes capables de prendre les devants et d'utiliser toutes sortes d'artifices et d'instruments de contention, pour arriver à copuler avec un de ces êtres abominables que nous rencontrons. Mais alors nous risquons d'avoir la même violence envers lui qu'envers nous-mêmes.
Et cela ne nous semble pas de la cruauté.
La chair est tellement laide et les déjections, – déjà ce mot ! – les abjections amoureuses sont ce que nous appelons de tous nos vœux, la chair est triste, elle est coupable.
Elle doit être coupée, pas comme aux cartes

mais matériellement, avec un couteau de boucher sur l'étal du lit.
Qu'elle encaisse jusqu'à la mort, – on espère la régénérescence. Un peu comme un triton ou un lézard. Une femme ça repousse toujours.
On place des clous en or.
Comme des offrandes votives.
Tout tourne autour du sacré et de la sacrification.

La vraie souffrance ne laisse pas d'autre issue que le plaisir.
L'impossibilité d'abandon sans cela. L'impossibilité de supporter cela sans l'abandon.
Sans se désincarcérer.
Le plaisir de la chair, c'est la grande évasion.
Le sexe c'est d'échapper aux contingences de la chair. À l'étroit confinement de l'enveloppe charnelle.
S'envoyer en l'air c'est ça.
C'est ne plus être son corps.
Le corps qu'on a laissé pour compte en bas peut être découpé en morceaux.
C'est la preuve qu'on est en haut.
Voilà ce qu'il faut comprendre. Ceux qui voient le carnage et qui ne comprennent pas, ne connaissent pas l'orgasme.
Savent pas ce que c'est que partir, déménager. Se faire la malle.
Celle qu'on a retrouvée à Lyon avec le corps.
Dans mes rêves prémonitoires, je savais que c'était le mien.

Parfois, à force de s'écarteler, il arrive qu'on rêve de se fendre. Se pourfendre. Se dissoudre. Qu'il faille aller plus loin que les lois physiques ordinaires.
Puisque l'amour n'est plus un acte de reproduction codifié mais la poursuite d'un rêve d'une vie débarrassée du corps.
L'amour physique c'est la poursuite impossible du passage à travers le corps pour rejoindre l'épure de l'âme.

*

Le con des femmes, c'est le troisième œil. C'est Dieu qui regarde l'homme de sa cavité ancestrale.
S'il le recrache : il naît. Mais s'il l'absorbe, c'est le retour à l'immense trou noir.
Cela veut dire que la dilatation du monde est terminée. Que Dieu se rétracte.
Il se refuse désormais à créer l'homme, et ceux qui restent, il les résorbe dans la matrice.
Voilà quelle est la peur fantomatique des hommes.
Et ceux qui éventrent celle qu'ils ont aimée.
C'est pour crever l'œil de Dieu.

« As-tu bien examiné les vœux que prononcent les moines et les moniales ? As-tu compris que la privation de plaisir, la privation recherchée, cultivée, était le meilleur moyen de parvenir au plaisir suprême ? Mais entends-tu au moins que les vœux sont la privation des plaisirs ? Chasteté : privation du plaisir de la chair ;

pauvreté : du plaisir de l'argent ; obéissance : du pouvoir. Ces trois désirs guident notre vie. Il en est d'autres, moins importants : bien manger, paresser, parler. Ils font l'objet de règles qui varient d'un ordre à l'autre, mais on les retrouve partout, jusque dans la vie de certains prêtres séculiers, comme ton foutu curé d'Ars, qui se nourrissait chaque jour de deux pommes de terre pourries.

Toi, tu te bornes à quelques sacrifices qui ne t'apportent rien en retour. C'est que tu ne recherches pas la pureté, mais la honte. Tu fuis la douleur, quand eux, les mystiques, la recherchent. Eux se donnent, ou se font donner la discipline (par qui trouve là son compte), portent le cilice. Tu vois peut-être dans ces pratiques de mortification la pure et simple expression du masochisme tel qu'il est décrit par la psychologie scholastique. Il faut plutôt les relier au simulacre de meurtre que représente l'acte sexuel, et qui doit être réalisé à tout prix, sous peine de nullité. Ou, mieux encore, à une négation systématique du plaisir. Dans ces mortifications, il faut voir, autrement dit, l'exploitation maximale de la faiblesse propre à chaque être. Ainsi, Marguerite-Marie : "J'étais si délicate que la moindre saleté me faisait bondir le cœur. Il me reprit si fortement là-dessus qu'une fois, voulant nettoyer les vomissures d'une malade, je ne pus me défendre de le faire avec la langue. Il me fit trouver tant de délices dans cette action que j'aurais voulu avoir tous les jours l'occasion d'en faire de pareilles. Pour me récompenser, la nuit suivante, il me tint bien deux ou trois heures la bouche collée sur son Sacré-Cœur." »

Jacques Drillon, Le Livre des regrets,
© Actes Sud, 1990

15

Du plaisir de la bestialité

« ANDRÉ BRETON. — Nous avons discuté très brièvement au cours d'une séance précédente sur la question de la bestialité. Toutes les personnes présentes s'y sont déclarées hostiles, ont affirmé qu'elles n'avaient jamais manifesté aucun penchant de ce genre et qu'il n'y avait pas lieu d'insister.

JEAN BALDENSPERGER. — Je trouve au contraire qu'il y a lieu d'insister, parce que cela est à l'origine de la jouissance chez moi. J'avais une ânesse qui vit toujours avec laquelle pendant un an j'ai eu des rapports très étroits.

JACQUES PRÉVERT. — Quel âge avait-elle ?

JEAN BALDENSPERGER. — 2 ans.

JACQUES PRÉVERT. — Et vous ?

JEAN BALDENSPERGER. — 14.

ANDRÉ BRETON. — Voulez-vous caractériser aussi exactement que possible les rapports en question ?

JEAN BALDENSPERGER. — Ils se passaient à travers une chemise. En général, je l'attelais, puis je l'emmenais dans la forêt, puis j'enlevais la partie du harnachement qui est derrière avec la sensation très nette de déshabiller quelqu'un puis je me livrais à mes petites passions. Je la rattelais et je rentrais chez moi.

Jacques Prévert. — Quelle était l'attitude de l'ânesse ?

Jean Baldensperger. — Voilà ce qui devient très intéressant. Les premiers temps elle était toujours disposée, mais plus tard elle ne se laissait faire que lorsqu'elle était en chaleur.

Jean Caupenne. — Quelle position adoptais-tu ? Montais-tu sur une pierre ?

Jean Baldensperger. — Non, parce qu'elle était assez petite et que j'étais assez grand. Ce n'est qu'après que j'ai découvert qu'on pouvait se branler tout seul.

André Breton. — Quel genre d'émotion éprouviez-vous à la suite de cet acte ?

Jean Baldensperger. — Les premiers temps du dégoût, avec la peur qu'on s'en aperçoive chez moi.

André Breton. — Qu'est-ce qui avait présidé au choix de cet animal plutôt qu'à tout autre ?

Jean Baldensperger. — C'est lui que je voyais le plus souvent. C'était toujours le mardi et le samedi avant la classe d'histoire parce que j'étais libre à ces moments-là.

André Breton. — Que penseriez-vous maintenant de recommencer ?

Jean Baldensperger. — Cela ne me ferait rien. Mais cela ne me dégoûterait pas.

Pierre Unik. — Vous n'avez jamais eu aucune attirance pour d'autres animaux ?

Jean Baldensperger. — Il y avait une chèvre. Mais c'était très rare. Je ne l'enculais pas. Cette zoophilie est très fréquente à la campagne.

Jean Caupenne. — Il serait curieux de savoir si même des personnes à qui cela déplaît actuellement n'ont jamais eu des rapports avec les animaux.

Marcel Duhamel. — Le seul plaisir que j'aie jamais éprouvé avec des animaux, c'est avec des petits chiens, en me faisant mordiller la main. Cela n'allait pas jusqu'à la jouissance. »

Collectif, *Recherches sur la sexualité*, présenté et annoté par
José Pierre, Archives du surréalisme, 4,
© Éditions Gallimard

« Je ne sais pas combien Carol possédait d'espèces différentes, mais elle les avait presque tous volés. C'était le Zoo libéré.

Puis vint l'heure du « caca-footing », comme a dit Carol. Elle a sorti ses bestioles dans la cour, par groupes de cinq ou six. Renard, loup, singe, tigre, panthère, serpent, vous avez déjà été au zoo, non ? Le plus curieux c'est que les animaux s'entendaient à merveille. Logés et nourris, soit (la facture était terrifiante, Papa avait dû laisser un magot) ; mais l'idée m'est venue que l'amour de Carol les entretenait dans une tendre et ironique passivité – avatar de l'amour. Les animaux se sentaient *bien*, tout simplement.

"Regarde bien, Gordon, et tu ne pourras pas t'empêcher de les aimer. Regarde comment ils *bougent.* Chacun est unique, vrai, lui-même. Tout le contraire des hommes. Ils sont équilibrés, bien dans leur peau, jamais laids. Ils ont reçu le don, le don qu'ils avaient en naissant.

— Je commence à comprendre..."

Cette nuit-là, impossible de m'endormir. Je me suis rhabillé, sauf les chaussures, et je suis descendu dans le hall. Je pouvais voir dans le living sans être vu. Et voilà ce qui se passait.

Carol, nue, était allongée sur la table basse, le dos à même le bois, genoux et jambes ballants. Tout son corps était fascinant, blanc comme s'il n'avait jamais vu le soleil. Ses seins, plus fermes que gros, pointaient vers le ciel, et ses tétons n'étaient pas foncés, comme chez les autres femmes, mais ils brillaient, roses et rouges, comme le feu, et même rose vif, très néon. Bon dieu, la fille aux seins en néon ! Ses lèvres, même couleur, s'entrouvraient sur un rêve, et de sa tête renversée cascadaient ses cheveux, ses longs cheveux roux sombre qui flottaient comme un voile, une boucle frôlant le tapis. Toute sa peau semblait *huilée*, une huile qui effaçait coudes, genoux et replis. Seuls pointaient les deux puissants tétons. Enfin, lové contre Carol, il y avait un interminable serpent d'une espèce que je ne connaissais pas. La langue frétillait et la tête du serpent frottait le visage de Carol, dans un lent va-et-vient. Puis bandant la nuque, le serpent se dressait et fixait le nez, les lèvres, les yeux de Carol, goulûment.

Par instants, l'échine du reptile effleurait les flancs de Carol. On aurait dit une caresse, et après la caresse le serpent se contractait, doucement, pressant la peau, se nouant à la poitrine. Carol hoquetait, haletait, frissonnait ; le serpent se faufilait sous l'oreille, se dressait, fixait le nez, les lèvres, les yeux puis le jeu recommençait. La langue frémissait et le con de Carol s'ouvrait, et ses cheveux flottaient, superbes et rouges sous la lumière.

Je suis remonté dans ma chambre. J'ai pensé : ce serpent a de la veine. Je n'avais jamais vu un corps pareil chez une femme. J'ai eu du mal à m'endormir mais j'ai fini par y arriver.

Le lendemain matin, pendant le petit déjeuner avec Carol, je lui ai dit :

"Tu es *vraiment* amoureuse de ton zoo, pas vrai ?

— Oui, de tous, jusqu'au dernier."

La nuit suivante, j'ai de nouveau eu du mal à m'endormir. Je suis descendu dans le hall, derrière le rideau de perles, et j'ai vu. Cette fois Carol avait dressé une table au milieu de la pièce, une table de chêne, presque noire, avec des pieds mastocs. Carol était étendue sur la table, jambes pendantes, les pieds effleurant le tapis. Sa main couvrait sa chatte, puis elle s'est retirée. Au même moment, tout son corps a paru irradier une lueur rose ; le sang a pulsé, puis reflué. Une tache rose a hésité quelques secondes au bord du menton, sur la gorge, puis s'est évanouie, et la chatte s'est ouverte.

Le tigre tournait autour de la table, en cercles très lents. Puis il a tourné de plus en plus vite, la queue frôlant Carol. Carol a poussé un râle sourd, et le tigre est venu droit entre ses jambes. S'est immobilisé, puis dressé. Il a posé ses pattes de chaque côté de la tête de Carol. Le pénis gonflait, énorme. Le pénis cognait à la chatte, cherchant la fente. Carol l'a empoigné, pour mieux le guider. Ils ont chancelé ensemble au bord d'une terrible et brûlante angoisse. Puis le pénis est entré, à moitié. Le tigre a poussé brusquement des hanches et le reste a suivi... Carol a hurlé. Elle a noué ses doigts autour de la nuque du tigre qui commençait à besogner. J'ai tourné les talons et j'ai rejoint ma chambre. »

Charles Bukowski, *Contes de la folie ordinaire*,
© Le Sagittaire, © Éditions Grasset et Fasquelle

« Lorsque le client était sorti, une femme toute nue se portait au-dehors, de la même manière, et se dirigeait vers le même baquet. Alors, les coqs et les poules accouraient en foule des divers points du préau, attirés par l'odeur séminale, la renversaient par terre, malgré ses efforts vigoureux, trépignaient la surface de son corps comme un fumier et déchiquetaient, à coups de bec, jusqu'à ce qu'il sortît du sang, les lèvres flasques de son vagin gonflé. Les poules et les coqs, avec leur gosier rassasié, retournaient gratter l'herbe du préau ; la femme, devenue propre, se relevait, tremblante, couverte de blessures, comme lorsqu'on s'éveille après un cauchemar. Elle laissait tomber le torchon qu'elle avait apporté pour essuyer ses jambes ; n'ayant plus besoin du baquet commun, elle retournait dans sa tanière, comme elle en était sortie, pour attendre une autre pratique. »

Lautréamont, *Les Chants de Maldoror*,
Chant 3e, Garnier-Flammarion

Finalement, il faut bien revenir à lui le Père. Parce que c'est à lui que revient de donner l'idée de son sexe à sa fille, c'est lui qui porte en lui le désir de ce sexe-là, c'est somme toute l'inceste primordial, inévitable.
Et ça se produit le jour où il parle de ça devant moi, et que je le prends pour moi. Il porte une brosse de cheveux gris qui rend son visage austère et doux. Il est toujours très élégant avec un costume trois pièces. Il est la sévérité, l'instance morale. Il est l'augure.
Je suis une enfant. Il en parle à deux ou trois reprises.
De ces femmes.
Il les a vues. Et pour lui aussi c'était un spectacle, il a regardé ça avec ce malaise excitant et honteux et moins de commisération qu'il ne le dit. Parce que malgré tout c'est dans la nature des femmes d'être prises.
Elles portent ça en elles. En même temps que c'est à eux les hommes de leur éviter cela.
En même temps que ce sont des hommes et qu'il faut bien qu'ils leur fassent cela.
C'est donc de la nature des filles qu'il me parle. Et je suis de cette nature. Je me projette tremblante dans ce qu'il dit, et je sais que j'aurais été pareille à celles-là.
D'ailleurs c'était des femmes prises au hasard, des tributs de guerre, *choisies juste parce qu'elles étaient belles et que c'est dans l'aptitude de toutes les filles.*
C'est dans leur nature. Je le sens au ton de commisération.

Pauvres femmes, devant tout le monde. Pas un qui bronchait, même mon père.
Les Allemands, bien sûr c'était eux les coupables. Ils faisaient prendre les femmes par des ânes justement parce qu'ils ont des engins énormes, des bites qui traînent par terre ; et qu'on pouvait pas manquer le spectacle, même en ayant sa place au dernier rang ou, comme on dit, au poulailler.
On peut voir comme ça rentre. Ça rentre dans le corps des femmes. Il les a vues écarter les jambes et se faire bourrer.
Et il dit que c'était quand même affreux et que ça n'aurait pas dû exister, avec le ton docte et apaisant qui salit, en fait, tout, car c'est un ton de supériorité sur les femmes.
Mais c'était la guerre, et les hommes, eux, servaient de chair à canon.
Alors c'est toujours pareil, fallait remonter le moral des troupes.
Et sans doute que ça marchait si bien qu'il faisait ça aussi pour les prisonniers.
Ou bien c'était pour les humilier, parce que quand même, c'était leurs femmes.
Et maintenant mon père, il secouait la tête, et disait :
« Pauvres femmes », et que probablement elles étaient devenues folles ! et qu'après ça, elles étaient foutues, sans doute il aurait mieux valu qu'elles meurent.
Tartuffe.
Il s'était rincé l'œil jusqu'au bout.
Et c'était mon père, et forcément il me parlait de moi avec ce ton de père-la-morale.

Il disait « pauvres femmes » ! Et je compatissais au fait qu'il y a toujours du subalterne à être femme.
Je savais bien que la honte était pour moi.

Même enfant on sait que la femme violée est potentiellement soi. Si le spectacle de la femme prise par un âne en est un, c'est qu'il y a désir. Ce que les hommes désirent que la femme subisse, la femme désire forcément le subir.
En avoir horreur, c'est forcément le désirer.
Dans le domaine sexuel tout ce qui est proféré, même comme interdit, se met à exister.
L'interdiction, la honte, la censure, créent ce qu'elles prétendent interdire.

Si l'abjection existe alors le sexe doit connaître l'abjection. Parce que le sexe est aux origines de la vie, il est le creuset d'où rien ne peut être exclu. Et le désir de l'un devient le désir de l'autre. Rien n'est plus contagieux.
Cela, je crois que mon père le savait.

16

De la tentation du meurtre

« Ses gémissements se joignent aux pleurs de l'animal. La jeune fille lui présente la croix d'or qui ornait son cou, afin qu'il l'épargne ; elle n'avait pas osé la présenter aux yeux farouches de celui qui, d'abord, avait eu la pensée de profiter de la faiblesse de son âge. Mais le chien n'ignorait pas que, s'il désobéissait à son maître, un couteau lancé de dessous une manche, ouvrirait brusquement ses entrailles, sans crier gare. Maldoror (comme ce nom répugne à prononcer !) entendait les agonies de la douleur, et s'étonnait que la victime eût la vie si dure, pour ne pas être encore morte. Il s'approche de l'autel sacrificatoire, et voit la conduite de son bouledogue, livré à de bas penchants, et qui élevait sa tête au-dessus de la jeune fille, comme un naufragé élève la sienne, au-dessus des vagues en courroux. Il lui donne un coup de pied et lui fend un œil. Le bouledogue, en colère, s'enfuit dans la campagne, entraînant après lui, pendant un espace de route qui est toujours trop long, pour si court qu'il fût, le corps de la jeune fille suspendue, qui n'a été dégagé que grâce aux mouvements saccadés de la fuite ; mais, il craint d'attaquer son maître, qui ne le reverra plus. Celui-ci tire de sa poche un canif américain, composé de dix à douze lames qui servent à divers usages. Il ouvre les pattes anguleuses de cette hydre d'acier ; et, muni d'un pareil scalpel, voyant que le gazon n'avait pas encore disparu sous la couleur de tant de sang versé, s'apprête, sans pâlir, à fouiller courageusement le vagin de la malheureuse enfant. De ce trou élargi, il retire successivement les organes intérieurs ; les boyaux, les poumons, le foie et enfin le cœur lui-même sont arrachés de leurs fondements et entraînés à la lumière du jour, par l'ouverture épouvantable. Le sacrificateur s'aperçoit que la jeune fille, poulet vidé, est morte depuis longtemps ; il cesse la persévérance croissante de ses ravages, et laisse le cadavre redormir à l'ombre du platane. On ramassa le canif, abandonné à quelques pas. »

LAUTRÉAMONT, *Les Chants de Maldoror*, chant 3e, Garnier-Flammarion

« L'assassin se redressa. Il était l'objet d'un monde où le danger n'existe pas – puisque l'on est objet. Bel objet immobile et sombre dans les cavités duquel, le vide étant sonore, Querelle l'entendit déferler en bruissant, s'échapper de lui, l'entourer et le protéger. Mort, peut-être, mais encore chaud. Vic n'était pas un mort, mais un jeune homme que cet objet étonnant, sonore et vide, à la bouche obscure, entr'ouverte, aux yeux creux, sévères, aux cheveux, aux vêtements de pierre, aux genoux couverts peut-être d'une toison épaisse et bouclée comme une barbe assyrienne, que cet objet aux doigts irréels, enveloppé de brume, venait de tuer. La délicate haleine en quoi Querelle s'était réduit, restait accrochée à la branche épineuse d'un acacia. »

Jean Genet, *Querelle de Brest*,
© Éditions Gallimard

« Comme avec une branche de lilas, l'assassin Menesclou, dit-on, attira la fillette qu'il égorgera ; c'est par ses cheveux et ses yeux – son sourire entier – qu'Il (Querelle) m'attire. Cela veut-il signifier que je vais à la mort ? Que ces boucles, ces dents sont empoisonnées ? Cela signifie-t-il que l'amour est un antre périlleux ? Cela signifie-t-il enfin qu'"*Il*" m'entraîne ? Et "*pour cela*" ? »

Jean Genet, *Querelle de Brest*,
© Éditions Gallimard

« Ils formaient un couple magnifique. La pseudo-Véronique était assez grande, peut-être un mètre soixante-dix, mais il la dépassait d'une tête. Elle blottit son corps, avec confiance, dans celui du type. Tisserand se rassit à mes côtés ; il tremblait de tous ses membres. Il regardait le couple, hypnotisé. J'attendis environ une minute ; ce slow, je m'en souvenais, était interminable. Puis je lui secouai doucement l'épaule en répétant : "Raphaël..."
"Qu'est-ce que je peux faire ? demanda-t-il.
— Va te branler.

— Tu crois que c'est foutu ?
— Bien entendu. C'est foutu depuis longtemps, depuis l'origine. Tu ne représenteras jamais, Raphaël, un rêve érotique de jeune fille. Il faut en prendre ton parti ; de telles choses ne sont pas pour toi. De toute façon, il est déjà trop tard. L'insuccès sexuel, Raphaël, que tu as connu depuis ton adolescence, la frustration qui te poursuit depuis l'âge de treize ans laisseront en toi une trace ineffaçable. À supposer même que tu puisses dorénavant avoir des femmes – ce que, très franchement, je ne crois pas – cela ne suffira pas ; plus rien ne suffira jamais. Tu resteras toujours orphelin de ces amours adolescentes que tu n'as pas connues. En toi, la blessure est déjà douloureuse ; elle le deviendra de plus en plus. Une amertume atroce, sans rémission, finira par emplir ton cœur. Il n'y aura pour toi ni rédemption, ni délivrance. C'est ainsi. Mais cela ne veut pas dire, pour autant, que toute possibilité de revanche te soit interdite. Ces femmes que tu désires tant tu peux, toi aussi, les posséder. Tu peux même posséder ce qu'il y a de plus précieux en elles. Qu'y a-t-il, Raphaël, de plus précieux en elles ?
— Leur beauté ?... hasarda-t-il.
— Ce n'est pas leur beauté, sur ce point je te détrompe ; ce n'est pas davantage leur vagin, ni même leur amour ; car tout cela disparaît avec la vie. Et tu peux, dès à présent, posséder leur vie. Lance-toi dès ce soir dans la carrière du meurtre ; crois-moi, mon ami, c'est la seule chance qu'il te reste. Lorsque tu sentiras ces femmes trembler au bout de ton couteau, et sup-

plier pour leur jeunesse, là tu seras vraiment le maître ; là tu les posséderas, corps et âme. Peut-être même pourras-tu, avant leur sacrifice, obtenir d'elles quelques savoureuses gâteries ; un couteau, Raphaël, est un allié considérable."

Il fixait toujours le couple qui s'enlaçait en tournant lentement sur la piste ; une main de la pseudo-Véronique serrait la taille du métis, l'autre était posée sur ses épaules. Doucement, presque timidement, il me dit : "Je préférerais tuer le type..." ; je sentis alors que j'avais gagné ; je me détendis brusquement, et je remplis nos verres.

"Eh bien !" m'exclamai-je, "qu'est-ce qui t'en empêche ?... Mais oui ! fais-toi donc la main sur un jeune nègre !... De toute manière ils vont repartir ensemble, la chose semble acquise. Il te faudra bien sûr tuer le type, avant d'accéder au corps de la femme. Du reste, j'ai un couteau à l'avant de la voiture." »

MICHEL HOUELLEBECQ, *Extension du domaine de la lutte*,
© Maurice Nadeau – Les Lettres Nouvelles

« Les femmes ne se doutent pas à quel point les hommes les haïssent... Punies punies punies d'être objet de haine, de peur et de dégoût par ces orifices magiques de la bouche et du con (pauvres tralala !)...

Ce ne sont jamais les femmes qui commettent les crimes sexuels, même quand ils sont perpétrés sur le corps de l'homme.

La perversion masculine de la violence est le facteur fondamental de la dégradation des femmes.

Les femmes ne sortiront pas de leur impuissance parce qu'on leur a donné un fusil bien qu'elles soient capables de tirer tout autant que les hommes.

Les hommes sont las de porter seuls leur responsabilité sexuelle et il serait temps de les en délivrer.

L'organe sexuel de la femme doit rentrer dans ses droits répétons-le : L'attitude féminine envers la violence est inséparable de ce problème. »

Jean-Luc Godard, *N° 2*,
© Jean-Luc Godard

« Le corps est sans défense aucune, il est lisse depuis le visage jusqu'aux pieds. Il appelle l'étranglement, le viol, les mauvais traitements, les insultes, les cris de haine, le déchaînement des passions entières, mortelles. »

Marguerite Duras, *La Maladie de la mort*,
© Éditions de Minuit

Alors bien sûr, il est possible que cela dégénère et si l'amour est, pour nous, l'assassinat de soi, alors nous pouvons admettre et accepter que l'amour que les hommes nous portent soit le meurtre.
Et même nous le désirons.
Car le couple n'est fait que de celui qui donne la vie et de celui qui donne la mort.
Ceux-là s'attirent.
SEXES, il est vrai, se lit à l'envers comme à l'endroit.
SE-X-ES.

« HOMME
Et il n'y aura pas d'amours possibles ?

FEMME
Non ! Je le croirai étreinte après étreinte...
mais je saurai bien, toujours, que ce n'est pas possible.
Que d'amour pour le garçon aux joues creuses,
aux pommettes hautes, au front en sueur
sous le casque de craie, rose, des cheveux courts,
lui qui me regarde avec ses yeux d'enfant
rétrécis comme des fentes ensoleillées
par sa timidité d'ouvrier né dans le Nord...
Que d'amour pour le garçon brun
qui vient sûrement de Sicile,
avec sa bouche de barbare esclave, adolescent,
méchant, mais plein de délicatesse, comme une mère...

HOMME
Tous ces complices insouciants,
tu les entrevois à peine, mais tu les entrevois corporellement,
tu peux donc les connaître (la couleur blonde
de cheveux courts ; une touffe brune).
Mais leurs âmes ? Leurs caractères ?
Comment peux-tu les connaître, s'ils ne te disent pas
un seul mot, s'ils te prennent et s'en vont
(dans leur voix tu pourras peut-être saisir un murmure, un sourire).

FEMME
Mais ils me parlent la langue de leur chair.
D'après la forme...
la façon, le temps... ;
l'intensité, avec laquelle, à l'intérieur de moi,
ils font leur brève ou longue confession ;
à la violence ou à la douceur – dans la gamme
infinie qui unit les deux choses, par où ils
usent de moi ;
aux coups réguliers que leurs reins
me donnent ou à la poussée désordonnée ;
par l'obstination insinuante et exaspérante
de leurs mouvements ; par l'unique et longue
pression ; par leur intérêt, absorbé dans le
corps entier,
ou seulement résumé dans une partie unique
du corps...
excluant aveuglément tout le reste... ;
selon la façon dont ils terminent d'un coup,
en frappant, ou
avec la douceur d'une eau de source. Chacun
de ces actes que je t'ai énoncés abstraitement
a d'infinies variations concrètes (même si le
modèle en est unique). C'est par elles que je
peux comprendre, sans le secours de la parole,
les âmes, et les caractères de mes amants de
quelques instants.

HOMME
Et toi ?

FEMME
Ah rien. Moi, pour eux je n'existe pas.
Je n'existe que pour toi : tu es mon maître.

Une putain, tu le sais, et son souteneur.
Tu peux faire de moi ce que tu veux.
Tu es toujours l'adolescent qui m'a fait peur.

HOMME
Bien.
Je suffoque du désir de me perdre,
et de jouer à en finir vraiment.

Il commence à l'attacher.

FEMME
La langue que nous sommes contraints d'utiliser
— à la place de celle qu'on ne nous a pas enseignée
ou qu'on nous a mal enseignée –, la langue du corps,
c'est une langue qui ne distingue pas la mort de la vie.

HOMME
Oui, ma chérie, suffoqué par toute la vie qu'il y a dans mon corps,
je suis pris par la décision de *donner la mort pour mourir.*

Il commence à la frapper.
Elle crie.

Tu pensais que c'était un jeu ?

Il la frappe encore.
Elle crie.

Non : tout ce que je t'ai dit, je le ferai,
et ceci n'est pas un jeu, c'est la réalité.

Il la frappe plus fort.
Elle crie.

Je veux *vraiment* te tuer,
je veux *vraiment* mourir.
Je ne me réveillerai pas de ce rêve,
ce sera *vraiment* la fin de tout.
Quand le monde ouvrira les yeux,
il verra *vraiment* un nouveau meurtre.
Ma chair veut *vraiment* la mort !
Ma queue veut *vraiment* le sang ! »

Pier Paolo Pasolini, *Orgie*,
adaptation française de Danièle Sallenave,
© Actes Sud Papiers, 1988

Épilogue

« Je ne sais plus qui a dit que le cinéma était une visualisation des désirs. Pour moi, le cinéma est une visualisation des désirs du metteur en scène.

Seulement, les désirs du metteur en scène n'apparaissent pas tels quels, sous leur forme immédiate, sur l'écran. Dans un film, les désirs du metteur en scène apparaissent sous des formes plus ou moins déviées. Et je me demande si, craignant constamment que mes désirs apparaissent dans mes œuvres, je n'ai pas tout fait pour les voiler.

N'ai-je pas continué à faire du cinéma pour cacher mes désirs ? Exprimant mes désirs sous une forme détournée, ils en sont probablement apparus d'autant plus clairement.

Cependant, au fond du cœur de tout metteur en scène, outre les désirs propres à tout être humain, s'agitent me semble-t-il deux désirs propres à la nature même du cinéaste.

Un metteur en scène veut filmer l'être humain en train de mourir. Et il veut filmer un homme et une femme, ou bien un homme et un homme, ou bien une femme et une femme, ou bien un être humain et un animal, en train d'avoir des rapports sexuels. »

NAGISA OSHIMA, *Écrits*,
© Cahiers du cinéma

Table

Chapitre premier : Du plaisir 11

Chapitre 2 : Des sexes 14

Chapitre 3 : Du couple 25

Chapitre 4 : Du désir 44

Chapitre 5 : Du plaisir de la masturbation 67

Chapitre 6 : Du plaisir de la fellation 83

Chapitre 7 : Du plaisir et des vierges 94

Chapitre 8 : Du plaisir et des putes 101

Chapitre 9 : Du bon plaisir des collectionneurs 123

Chapitre 10 : Du plaisir de l'inhibition à celui
    de la surenchère 130

Chapitre 11 : Du plaisir de la souillure 163

Chapitre 12 : De l'extase, du blasphème 176

Chapitre 13 : De la sodomie 183

Chapitre 14 213

Chapitre 15 : Du plaisir de la bestialité 228

Chapitre 16 : De la tentation du meurtre 237

Épilogue 247

L'auteur et l'éditeur remercient chaleureusement les éditions Robert Laffont, les éditions du Pré aux Clercs, les éditions Arléa, les éditions Jacqueline Chambon et les éditions Régine Deforges ainsi que Jean-Luc Godard, Marie-Christine Ferré, Bertrand Blier, Patrick Besson et Françoise Rey qui ont bien voulu leur donner à titre gracieux l'autorisation de reproduire leurs textes.

Ainsi que Cyril Frey, mon complice pour le choix des textes.

C.B.

Composition réalisée par NORD COMPO

Imprimé en France sur Presse Offset par

BRODARD & TAUPIN

GROUPE CPI

La Flèche (Sarthe).
N° d'imprimeur : 7473 – Dépôt légal Édit. 11949-05/2001
Librairie Générale Française - 43, quai de Grenelle - 75015 Paris.
ISBN : 2 - 253 - 15064 - 9

31/5064/6